U0365658

作者介绍

翟永明，中国当代著名诗人，四川成都人。毕业于成都电子科技大学，曾就职于某物理研究所。八十年代开始在报刊发表文学作品，已出版诗集十余种，随笔、文论八种。作品被译介至多国。现居北京、成都，笔耕不辍。一九九八年于成都开设白夜酒吧，已成为成都著名的文化地标。

毕竟流行去

Finally It Fades Away

翟永明／著

生活·讀書·新知 三联书店

图书在版编目（CIP）数据

毕竟流行去/翟永明著.--北京：生活·读书·新知三联书店，2019.4
ISBN 978-7-108-06306-9

Ⅰ.①毕… Ⅱ.①翟… Ⅲ.①随笔–作品集–中国–当代 Ⅳ.①I267.1

中国版本图书馆CIP数据核字(2018)第101108号

责任编辑 陈丽军
封面设计 幸 言
责任印制 黄雪明
出版发行 生活·讀書·新知三联书店
（北京市东城区美术馆东街22号）
邮　　编 100010
印　　刷 常熟市人民印刷有限公司
版　　次 2019年4月第1版
2019年4月第1次印刷
开　　本 880毫米X1230毫米 1/32 印张7.25
字　　数 131千字
定　　价 39.00元

前言

诗云：『此情可待成追忆，只是当时已惘然。』

远水无痕，远人无目。远去之岁月，当时不静好，思之成碎片。我年少时，记忆力惊人。当年最爱《滕王阁序》，初读未几遍，便能成诵。那时得意，逢人便炫耀。不知从几时开始，读到中途，便吭吭哧哧，背不下去了。后来，更是只记得开头四句；从此，不再提此事。记忆力衰退的过程，伴随着对往事的回望。我是怀旧之人，更哪堪，许多追忆，皆被风吹雨打去。往事断片，如黑白影像，既模糊乱闪，又时隐时续。有时，想把那些断线串珠串起来的想法占了上风，便执笔拟稿，写些残篇；有时，又不耐烦起来：觉得往事虽有意思，写下来，便琐屑无味。直到《收获》主编程永新约我在《收获》上开一专栏。我才将这些记忆串缀成六篇文章，凑成一年专栏内容，栏目名叫《远水无痕》。

二〇一六年，一直在写作，将栏目不能包含进去的内容，写成这本书。我平生并无记日记的习惯。有时，觉得这习惯有用，急急买来笔记本，认真记起日记来。但从年轻时的第一本日记算起，从未记全过一个月。有时，翻看下最近几年痛下决心后的成果，必忍俊不禁。一厚摞笔记本中，一般也有前几页郑重的内容；过

《枝》　翟永明 / 摄

不了多久，便空白起来。又过不了多久，再痛下决心，把笔记本翻捡出来，再次涂抹；未几，故态复萌。所以，《远水无痕》的内容，没有早期日记的辅助，全凭断片记忆。所叙述的，都是早年留下深刻印象的事情。譬如少年杂读，譬如留影写真，譬如读大字报，等等等等，皆为当时已惘然的追忆，在心中，追忆多次，犹如拓片，拓了下来。于此次，聚成文章。

少时，我曾喜欢辛弃疾的词：『青山遮不住，毕竟东流去。』那些愚昧年代里，也曾有过遮挡不住的流行，暗潮涌动的追索，星星点点的对抗，以及个人在压抑时期中，各显神通之成长方法。这一切，构成时代记忆中复杂纷繁的底色。

这本书中的文章，记述的正是我少年到青年时期的学习和生活，有些有趣，有些苦涩，还有一些，背后凝聚着一大堆悲苦。在我的经历中，记住的事，以不愉快居多。也许，愉快的事，总是稍纵即逝，就像拓片的凸面；而悲痛，却像拓片的凹面，承载着最大信息量。这些文字的墨迹，通过凹凸的浓淡轻扫，记录下过往岁月的沉淀。但是，它们终究只是拓印，而非原物。

远水无痕，也无烟，更无常。

目录

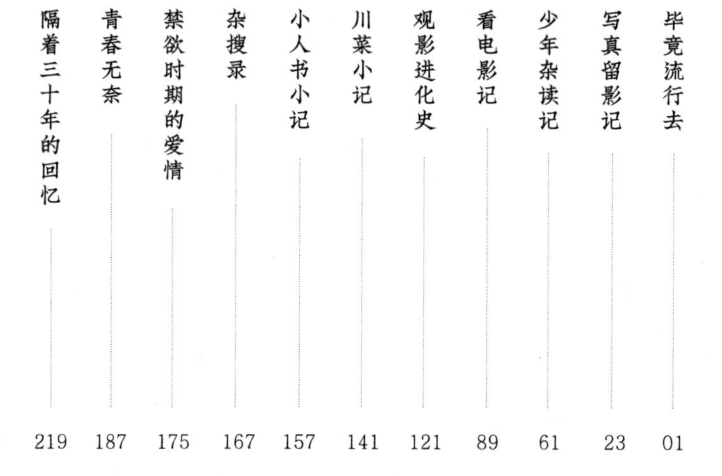

01

毕竟流行去

初中时，一个夏天，我妈把我摁在洗脸盆里洗头。洗脸盆小，我的发多。我妈一边洗，一边不耐烦地反复念叨：“不动脑子，光长头发。”我脸埋在水中，看不见她，但脑补着她恨铁不成钢的神情，内心自卑着，奈何？遂迁怒于浓密长发，恨不得一剪子剪了它。

来自北方的血统，滋养着我发育期的发根儿，满头炸开搂都搂不住的“皱发”（现在的专业名称）。你听懂了吗？它既不是让你显得如水清纯、垂挂两颊的“清汤挂面”，也不是让你甜美可人如“洋娃娃”（那时还没芭比这一说）般蜷伏头顶的鬈发。它是任什么发型都hold不住的，只会往两边支棱的一大堆“皱发”，除了用一根橡皮筋去管束它之外，别无办法。

02

那是20世纪70年代初，我现在认识的朋友中，有一些刚刚出世，他们不大知道那段时间中国社会的流行审美趣味，知道了也无谓；暂时，他们只需要几片尿布、几段土布。而我、我的同学们，则正处于青春期，对美一知半解，偷偷摸摸；既有女性天生对“美”的敏感，又有时代赋予的恐惧感。连“美”这个字眼，天生都是属于资产阶级的。作为无产阶级接班人，如果内心对美有一丝渴慕，也应该“狠斗私字一闪念”。

据说，从进化论角度讲，动物界的雄性都比雌性长得美，只有人类相反。这是以进化论来谈审美，而不是以阶级论。所以，在人类所有进化过程中，任何时代都不例外，女性爱美的天性，就像从砖缝里长出来的草，坚韧地、顽强地、不起眼地、偷偷地从小小的缝隙里冒出来，一有机会，便滋生、蔓延。

1972年，我进了二十六中。那时的年级编制都是军队制式，因为，“军宣队”已入驻学校。学校的领导机构是“校革委”，由“军宣队”“工宣队”和老师、学生代表组成。我们班的同学中，就有一位全校唯一的“校革委”成员。她是一位根正苗红、少年早熟、品学兼优的女孩。照我看，她天生就是当领导的料。她是我中学时密友中的一员，我现在还记得当年她的样子：两条齐肩小辫、浅色棉布衬衣及深色长裤，军用书包斜挎在肩上，这是70年代中学生的标准打扮。踏进中学大门，一模一样的女同学晃花了路人的眼。齐肩小辫是标准发型，剩下的变化，就只能在刘海儿和管束小辫的头绳上做文章了。爱美的同学，最多也就是三天两头换换头绳：有时是橡皮筋，有时是粗毛线；橡皮筋也分粗细，毛线也分颜色。于是，不变中就有了变化。

但是，“流行”和“时尚”的力量是如此巨大（虽然当时用不上这两个词），就像“街上流行红裙子一样”（那是80年代的大胆流行色了）。70年代，学校也时时流行一些美的讯息，同学之间也暗暗有一些攀比。比如，有段时间时兴刘海儿，于是大家都留着刘海儿。刘海儿总是相似的，刘海儿薄一点或厚一点，直一点或斜一点，却各有各的不同。张三今天把刘海儿削薄了，李四也跟着削，王五也跟着。于是，大家前额上，都飘着几根若有若无的发丝。张三一赌气，把头顶的厚厚的头发抓下来，剪去一大缕，变成厚厚的一堆刘海儿，盖住眉毛；李四一看，很羡慕，也把刘海儿留得很厚；王五也跟着学。渐渐地，这厚厚的刘海儿，就飘出学校，流向社会，形成一种流行的发式。

那是一个在限制中讨生活的年代，一点微小的变化，就可以震荡出一种新的美学观。在全国人民一片灰蓝绿的色彩中，时尚也悄悄地轮回过好几次。

话说，被我妈呵斥过两三次后，我痛下决心，将齐肩中发一刀剪去，留成了短发。那短发又不是真正的短发，齐耳，在头顶处，用橡皮筋将一小束头发捆起来，捆至左边或捆至右

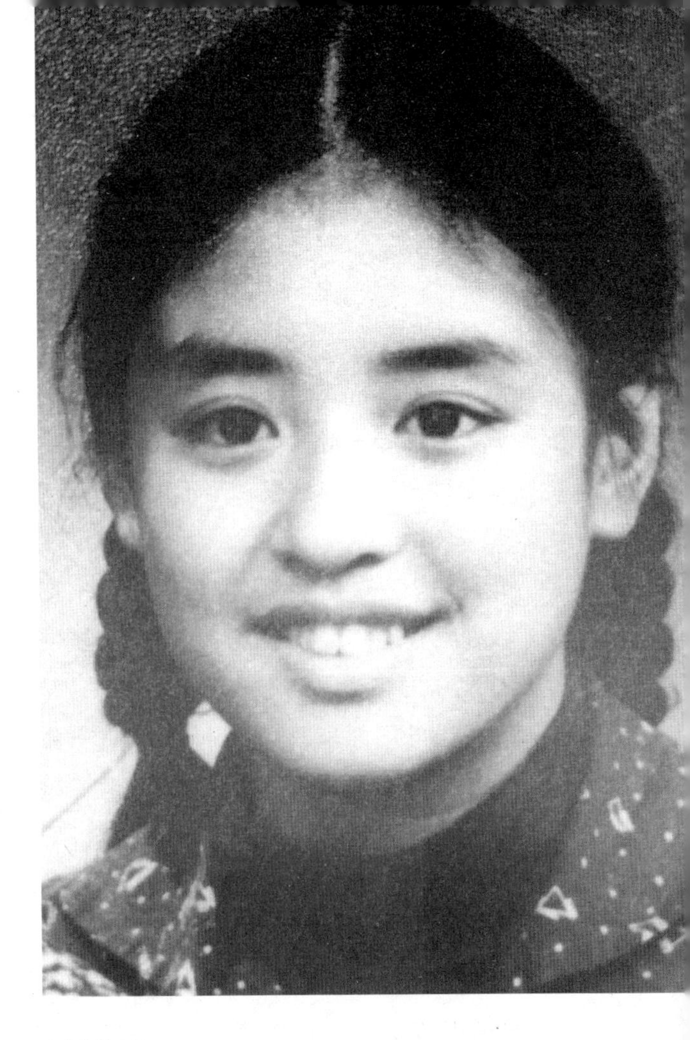

我的中学时期

边，可以视心情而定。这小小的一点变化，就是在中学生中，悄悄流行的一种时尚发型。我是从我的邻居程莉那儿学来的，她则是受她一位同学启发。至于该发型从哪儿传来，却无人所知。

我是一个喜欢变化的人，生活、写作、打扮、爱好都不拘束缚。我如果学艺术，一定是学油画而不是学版画。安迪·沃霍尔70年代到中国来，看到十几亿中国人一片灰蓝绿时的兴奋，可以从他的趣味层面来理解。而他本人，一生都在追求外表的与众不同。银色短发，就是他的标志。我不是艺术家，但似乎有艺术家的癖好，譬如：平生最厌撞衫。只要看见有人穿着与我相同的衣服，我必定回家脱掉，雪藏至衣柜，直至数年之后，才予解冻，让其重见天日。

回到70年代，那不是撞衫的问题，那是撞墙的问题。每天，睁开眼睛，一大片灰蓝绿，映入眼帘；从家里去学校，一路也是灰蓝绿；直到进入校门，颜色才出现些许变化。

那时，同学们冬天的穿着基本都是灰蓝绿大色调，只有少数素色花布棉袄，在灰蓝绿的基础上，降了几度。有些是因为穿得太久了，洗的次数太多了，就出现了现在时髦的水洗做旧效果。但当时，并不觉得时髦，而是寒碜。大家都想穿新衣，但除了新年或嫁娶，没人会在平常生活中添置新衣。不光没钱，也没布票。60年代末，最时髦的当数绿军装。“文革”初期“大串联”时，不知从何处人人都能弄到一身绿军装来穿上，最后，形成天安门广场的一片绿海洋。但在“文革”中后期，在校园里，普通老百姓却并没有地方去弄绿军装。所以，多数同学冬天穿棉布衣服，夏天则穿棉布衬衫。穿绿军装一般有点身份证明的味道，要么是宣传队成员，要么是军队子弟。

高一时，我们班突然插班进来五六个同学，他们都来自成都军区，一律穿绿军装、绿军裤、军绿色胶鞋，单肩挎着绿书包，包上一律有一颗五角星，或者某句毛主席语录。他们自成一群，群来群往，很少搭理“地方上的”群众。他们也都来自北方，人高马大，站在小个子的成都同学面前，不想睥睨一切也生就高人一头的样子，每天出出进进教室，蔚为壮观。

“地方上的”群众，没有磅礴大气的绿军装彰显不凡，只能以更加民间的装扮，来活色生香。我记得，1967年校园里流行格子装，每个同学都身穿一件针织格子衫。针织衫款式都是相似的，格子大小却各有不同，变化就在于格子的大小粗细和颜色。格子衫配齐肩小辫，刘海儿配塑封皮胶带，是那一年的流行装扮。风水轮流转，过了两年，开始流行点点装。点点装款式也是相同的（除了有些三颗扣，有些四颗扣），点点大小却各有不同，变化也在于点点的大小疏密和颜色。那年月，多么考验花布设计师的能力啊！既要让人民朴素，又不能使人民厌倦；既要保持灰蓝绿大色调的统一，又要在统一里寻找变化。真难为他们的设计想象力了。那是1969年前后，正是我青春期迅猛发育的时候，我的衣服都变小了，跟不上成长的速度。我

1971年　中学同学

与母亲的照片

妈图便宜，一口气买了差不多半匹蓝色点点布。这蓝色点点可害死我了，差不多有两年，我都埋在这蓝色点点之中。短袖点点，长袖点点，外衣点点，棉袄点点，我妈把这蓝色点点棉布使用到了极致，我也由此得了点点恐惧症。这导致我多年后，对日本著名的圆点大师草间弥生嗤之以鼻，说起来，我妈可算她的老前辈了，中国无名花布设计师更是。

等我绝望地把点点花布终于消费完之后，我进入了高中。彼时，开始流行“的确良”衬衫。“的确良”是一种涤纶面料，色彩艳丽而挺括，据说最早在广州流行，被称作“的确靓”；传到北方，北方人听不懂“靓”，听话听音，就称为“的确凉”。不过涤纶不吸汗，透气差，实在不“凉”，但因为耐穿结实，就被改为“的确良”了。“的确良”面料挺括，不会起皱；不像棉布，穿上一会儿就皱皱巴巴，那会儿又没有熨斗。“的确良”穿上身，用四川话讲：真是伸伸抖抖、巴巴适适，故而人人喜欢。那时，要排长队，花10元钱，可以买到一块“的确良”布，可做一件衬衣或一条裙子。那是“洋气”和“时髦”的代名词啊，能够买到一块色彩艳丽的“的确良”裙子，那就是“潮人”了，可以让满大街人回头。

我们院子里，就有这样一位“潮人”，名叫津津。津津父亲是一位高级工程师，某行业专家。反右时，被打成右派，从此虎落平阳被犬欺，在一个文化水平高低不等、鱼龙混杂的大院里，低调做人。津津和弟弟都丰姿美，有宿慧，在学校成绩很好，却因出身右派家庭，进步无望。姐弟俩索性也就以“难”为“难”，自绝于无产阶级队伍。津津长得瘦梅横枝的，非常苗条，故尤重穿着。我记得大家都以灰蓝绿为美的时代，她打扮得像个“资产阶级小姐”。现在想来，所谓“资产阶级小姐”，无非就是大家都穿灰蓝绿格子衬衫时，她不知从哪儿买到水红色格子衬衫。大家都穿一件长衬衫，罩住“的确良”裙子时，她却把衬衫掖进“的确良”裙子里，傲人地露出腰线。在那个年代，裙子外扎或内扎是一个问题：内扎是朴实无华的表现，百分之九十九的人都这样装扮；外扎却是与众不同，是要显露身材，因此，也就是“小资产阶级臭美思想”的表现。至少在学校，同学们都是一致内扎的。某个周末，我逛至大街，看到学校宣传队扮吴清华的那位女生，将蓝色“的确良”裙子外扎在白色衬衫上，曲线毕露，用一条白手帕将浓密长发绾成马尾巴，挺胸踮脚，一步一生辉地摇曳飘过。我在一旁看去，那真是鹤立鸡群啊！

每所学校的校宣传队，都是流行的风向标。宣传队的女孩，本来就是百里挑一的文艺爱好者，人中龙凤，校花级别。由于工作需要，又兼人人配备一套绿军装、绿军帽、黄皮带。以“工作需要”为名，她们可以自由地扎上皮带，盈盈一握之中，仿佛弱不胜衣。

校宣队员总是最早捕捉到社会上的时尚讯息，她们亦如如今T形台上走秀的模特，引领着校园的流行风气。譬如有一年，校宣队员们都穿上了北京布鞋。原来，成都人大多穿的是带襻的毡底圆口布鞋，下雨天，一泡水便内外皆湿。但是流行到成都的北京布鞋，是懒汉鞋样式，黑布包至脚面，两侧鞋帮是松紧布带，下面是塑料底，明显耐用经磨。更重要的是来自首都，“洋气”。那一年，一双北京布鞋，便成了潮人必备。北京离成都，火车得两天一夜，少有人有机会去北京。我妈出差时，顺便给我带回一双，让我喜不自禁。不用说，我们班的军队子弟，都早已人脚一双，与绿军装一样，北京布鞋也成了身份的象征，普通同学不易置办。

二十六中的同学，多数是按就近入学的规定入校的，他们都分住在文武路的四周，文武路是一条大路，两侧外挂着数十条小巷，大部分同学住在这些小街上，当时被称为“街娃儿”。“街娃儿”常带有贬义，沿用至今，变成“没文化”的代名词。文武路上，也外挂着许多省直机关（四川省直属机关），文武路往东走，就是当时赫赫有名的西南局。西南局宿舍，就在我住的那条街上。

“文革”期间是歧视最严重的时期。“红五类”对“黑五类”的歧视，是浮在最上面的；冰山之下，则是干部子弟对平民子弟的歧视，军队子弟对地方子弟的歧视，北方人对南方人的歧视，普通话对方言的歧视，等等。表现在穿着上，则是一种外表的区分：军队子弟永远不会脱掉作为标志的绿军装，偶尔会在夏天穿上白衬衫，但几乎不穿花衣裳。省直机关的弟子，则穿着朴素庄重的灰黄蓝大色调卡其布衣服，一律北京布鞋，也不爱穿花衣裳。而来自成都本地各街巷的平民子弟，则带有很强的民间色彩，即使在大的沉闷环境下，也保持一种鲜活的状态。女孩子们都爱穿花衣服，留长辫子，甚至有些女孩别致地把长辫子绾起来，成双环状发型，再配上一条花色小绸带，即便貌仅中人，也能显得翩翩有致。

爱美，在那个年代也如踩钢丝一样，需要把握平衡：增之一分则为“资产阶级妖”，减之一分就只能随大流成“无产阶级灰”，爱美的女孩就在这二者之间增增减减，一不小心碰上“运动”来了，就可能被打成“操妹儿”（四川话：女流氓之意），被办学习班，我有两个同学一不小心就被办了班。其实更多的是因为得罪了老师，被加进名单里的。

那时，我的一个朋友，就在全校出了名的“操妹班”：五二班。四川话“操”，与北方话里的“操”，是不一样的，“操”有多种含义，这里是“操持”“操办”的那个“操”字。在当时，“操妹”是一种划分：意思就是“坏女孩”。“操哥”“操妹”总是与打群架、耍朋友（谈恋爱，在当时也等同于耍流氓）联系在一起的，二者都是当时学生中的坏德行。之所以叫“操妹班”，是因为五二班的全班女孩，一律爱美，并作“操妹”打扮。其实，当时在中国整体灰蓝绿的大调子下，有限地争取一点颜色，就足够“操”了（这里的“操”与“潮”同义）。我还记得，那些女生无非就是将两根齐肩的辫子，用一种较宽的塑料皮（就是同《毛主席语录》封皮一样的塑料做成的。是不是将《语录》封皮剪成一根根宽带，就不得而知了），紧紧地捆扎一长截头发，把两根小辫扎成扫帚一样，上紧下松的样式。要是今天的“操妹”们看见这种发式，简直要笑掉牙。但当时，这种打扮却“操”得很啊，流行了好一阵子。

五二班的女生，大都住在同一条街上，上学放学，她们挽着手一字排开，一律的扫帚辫、一律的刘海儿、一律的白色大尖领翻在针织方格外套上面：那场面，颇有点壮观。在那个年代，她们如此肆无忌惮，想必吃的是熊胆。

高一时，我成了校篮球队的绝对主力（作为北方人后裔，我比本地同学足足要高出一头）。球队女同学们，人人置办了一身或半身蓝色运动装，那是方领针织衫，穿上身，比大笼大挎的棉布衣服更显身材。球队女生普遍高挑，再配上当时已开始流行的白底回力胶鞋，顿时卓尔不群。这时，已是“文革”中期，人们对绿军装、灰黄蓝衣服已经审美疲劳（虽然当时没有审美的概念，但审美的意识已开始抬头），碍于形势所迫，也不能有奇装异服出现，所以，只能靠些许的变化，来打破千篇一律的单调。于是，“海魂衫”和运动装就渐渐地流行起来。

1957年，人气偶像赵丹，曾经演过一部电影《海魂》，引爆了无数少年的水手情结。成都人就把影片中赵丹穿的那种水手服，称为“海魂衫”。其实“海魂衫”不过是在寻常的汗衫上印了蓝色横杠，但在当年，它们成了一种时尚。因为水兵梦，可以说是所有男孩的梦想，尤其是成都这样的内陆城市，当水兵是遥不可及的事情；穿上“海魂衫”，也算望梅止渴了。那时，我哥就爱穿流行的圆领“海魂衫”，照片上，留下了他稚气的脸庞与蓝色条纹。“海魂衫”一直流行到80年代，记得我第一次去桂林旅行时，1983年吧，就穿了一件“海魂衫”，下面配了一条蜡染的蓝色布裙，却也显得颇为与众不同，让我得意了一路。

男生爱穿“海魂衫”，女生就爱穿运动装，大翻领蓝色运动装让女生显得矫健，富有朝气，健康活泼，这是那个年代的审美标准。娇滴滴、嗲声嗲气是“资产阶级小姐”的特征，要被嫌弃的。大多数女生，审美是从众的。也有一部电影可作为女生时尚的风向标，那就是谢晋50年代末导演的《女篮五号》，电影中的女篮队员们都是职业运动员。电影中，大红运动衫衬托出了她们笑靥如花的青春气息。一时间，大红运动衫风靡一代人。初中时，我也加入了学校篮球队，终于，也名正言顺地穿上了大红运动衫，即便在课堂上，也不愿脱下来。

70年代中期，“工宣队”进驻学校，工人阶级领导一切：包括风尚。于是，蓝色工装衣、工装裤成了新的流行式样。此时，一身黄、一身蓝的打扮已过时，且惹人生厌。混搭风悄然出现：黄军装配蓝裤子，蓝上衣配军绿裤，白衬衣配蓝裤子或

与中学同学在望江楼

蓝裙子。蓝色工装服流行时，服装店铺满了“劳动服”。我的一位爱美的同学，总是将工装服用肥皂、刷子洗得发白，今天看来，就是水洗牛仔服的效果。这一细节，后来被我用在与贾樟柯合作的《二十四城记》里了，因为这种水洗做旧方法，那时也在工厂里流行。

工人师傅不仅带来了工装服，也带来了工装服上戴袖套的风气。那年月，也没有配饰这一说。但是，人总是需要一点佩戴和装饰，来适应时代的美的风气；即便这个时代的男女之美，是被认定的阶级之美。袖套本身，具备了这样的认定：勤俭节约、努力学习。这样的美学特征，也符合了父母的心意：避免了衣服袖口的磨损，延长了衣服的寿命。顿时，蓝色工装服配浅灰色袖套，成一时风气。这风气，一直延续到大学。大学时的一位同学，名字我已忘记，但只要想起她，浮现在我眼前的，便是她一身冬青色对门襟棉袄，配灰色袖套的形象；永远是这两色搭配，变化的，只有四季的衣服款式。

进大学以后，我的服装变成了以蓝色军便装为主，里面配白色衬衣，那也是70年代的标配。军便装的变化，只在三颗扣或四颗扣之间，我一般选择三颗扣，这样领口开得较大，也显得大方。别人都把白衬衣领子掖在便装里，我却爱把衣领翻在便装之外，显得大方。这些选择，影响了我后来几十年的着装风格。许多年，我一直喜欢V字领毛衣，极少穿高领套头毛衣。

在大学第一年，我一直留着六七十年代最流行的“刷把头”，也就是把短发分成两段，高扎在后脑勺上。说实话，那时也没有什么可选择的发型，烫头几乎是犯罪。虽然，偶也见过有人用火钳烧红了烫一下发尾，冒充一下“自然卷”，那也是冒天下之大不韪。

“刷把头”的好处是：当你厌倦了，可以把它放下来，成为一种短发款式。对于我这种喜新厌旧的人来说，可以调剂调剂。到了大学第二年，对这种铺天盖地的“刷把头”“齐肩小辫”，我已经厌倦得无以复加。留长辫，又需要一个漫长的过程。一时间，也找不到合适的发式做参考。当时，“文革”业已结束，社会上萌动着一种灿烂如火、敢为人先之风。北方有北岛，已开始写作后来被批判的“朦胧诗”，并且这种新的诗歌已在各文科大学悄悄流传；南方有黄翔，已写完长诗《火神交响诗》，并率众上京，将之贴至王府井之墙。这一切我均不知，在一个工科学校，我疏于学习专业知识，热衷于逃课、写诗、看电影；也算另类，被班主任和辅导员斜眼相加。我多少有点感觉到：外面早已是虫鸣蛙噪，学校里却依然春风不度，好不气闷人也！我似乎觉得自己应该做点什么大事，但又恍然，周围一切与我格格不入。最终，壮怀激烈只好落实到自己的头顶上。怎样把发型改一下，刺激周边的沉闷，成了我那时的急切需要。我决定孤注一掷，换一个惊世骇俗的发型，来挑战现实，表达自我。

在糟透了的回忆中，仿佛是当年红透大江南北的电影《小街》，启发了我。电影中，张渝女扮男装的“小男式”发型，曾经吸引过许多新潮女性。但后来，我发现，电影是1981年才上映的。事实上，提前三年，在1978年夏天，我剪了小男式。回想起来，是电影《战火中的青春》里，高山女扮男装的发型，吸引了我。

说干就干，我去了理发店，理发店师傅没看过《战火中的青春》，一听我要剪个男孩的发型，剪子差点掉到地上，连说“不会”。我花了半天工夫说服他；他才犹豫不决地在我的指挥下，双剪齐下，剪草似的剪掉我的一头青丝。我不在意，他却啧啧直叫“可惜”！

第二天，走进校门时，我还是紧张了一下：虽说当时社会已逐渐开放，但我就读的毕竟是工科学校，这里风气更保守一些。上课铃响了，我有意迟到了几分钟，在教室门口站了一会儿，自己给自己打了一阵气，牙关一咬就冲了进去。不出所料，全班同学除了没抬头的，其余人的目光随着我的男孩头平移到我的座位。我故作镇定，埋头看书。下课后，同学们围着我，好一通调侃。一位女同学说：“班上名册要重新改过，多了一位男生，少了一位女生。”另一位男同学公开叫嚷：“男厕所欢迎你。”事实上，这倒真的给我造成了困扰。不久，我就到昆明去实习，一路上除了搜集各种惊诧目光之外，上厕所，一定得找一位女同学陪着一起去，以免挨打。除了不方便之外，我对“小男式”非常满意。我也发明了一种方法应对某些尴尬，实在需要躲避密集目光的扫射时，戴上一顶小圆帽就OK了。这使得我后来钟情于各类绰约多姿的帽子，几成顽疾。

我留着“小男式”，一天，终于把衬衣掖进裙子里外扎。那一刻，我突然发现，自己也是有“身材”的。就这样，我度过了大学生涯，开始“进入社会”。此时，已是80年代，紫气东来，西风渐浓，整个社会于无色彩之处，慢慢流动出些许春色：大街上，已开始流行红裙子；连我妈，被我视为很保守的老太太，也为我从北京带回来一件大红色的羽绒服，它成为我那几年的主打服装。不久，我被分配到了西南技术物理研究所，它位于如今的一环路外，在当时的成都，已接近市郊了。我穿着红色羽绒服，依旧挎着军用书包（那时，还没有别的包可供挑选），骑着人生中的第一辆自行车（凭票购买），去单位报到，心下明白：那里等待我的是另一番人生。

写真留影记

杜甫诗云："将军善画盖有神，偶逢佳士亦写真。"

自从我赶时髦，买了一部单反照相机之后，也像当年杜甫描绘的曹霸将军一样："偶逢佳士亦写真。"尤其是偶逢诗歌圈里才高八斗的"佳士"：一碰上他们，我就情不自禁，举起相机，"咔嚓"一声，将他们的精气魂灵摄入数码中。因为，有位朋友说过一句至理名言：好的摄影师需要好的"麻豆"。这位朋友，就是诗人、著名摄影师王寅。"麻豆"这个词，起初让我想了半天，我没有马上问王老师，否则显出我已"out"的感觉。我悄悄地问了一下身边的年轻朋友，才知道，"麻豆"就是模特的意思。现在，人人都是摄影师，但不敢说人人都是模特。所以，"麻豆"带有一点调侃之意，不那么专业的被拍摄对象，正可以“麻豆”自居。

初中的时候，我住的大杂院里，有一位王叔叔热爱摄影。那年月，摄影可是一项奢侈的爱好。首先，拥有一台照相机大不易，那时，最便宜的相机，像国产“海鸥”牌，也得几百块钱，一般收入的人根本买不起。其次，那时的摄影是一项高精尖的技术活，除了拍照本身需要的技术，还需要拥有一套暗房设备。暗房也是大问题，那时每家人都住得逼仄、狭窄，人过来过往都得擦肩，哪有暗房位置？我知道就有以厕所或厨房为暗房的。有了暗房，还得有暗房技术，那时还没有傻瓜相机，更没有数码相机，连照相馆都没有对外冲印的业务。只有专业人士可以使用单位正儿八经的冲印室，或家里厕所临时充作的暗房。冲印器材也是一个问题，王叔叔就自己制作了一个曝光箱。正是暗房、暗房设备和暗房技术，让有此兴趣的人（那时可没有现在这么多摄影爱好者）望而却步。最后，还得拥有一定的经济条件。这位王叔叔，当然算具备了这些条件。他有一台海鸥牌120相机，不知是自己的还是单位的。总之，他经常在业余时间“搞创作”。他的“麻豆”，就是院子里的这些大女孩小女孩，包括他的女儿。

晴朗的周末，王叔叔带着四五位女孩去人民公园或望江公园拍照。那时，成都的公园也就四五个，公园人少，适合摆拍；园景很多，但大同小异，要拍点特殊场景，得煞费苦心。成都四季分明，风动云不动；春天姹紫嫣红，拍出来却都是黑白。王叔叔通常是在公园有菊展、梅展或者盆景展时，带我们去。我们也通常在一朵菊花或一片菊花，一朵梅花或一片梅花面前，摆Poss，拍照。那时胶卷非常珍贵，所以，拍一张照片要摆布很久。摄影师先抬头看光线，然后选一个位置，让一个或多个女孩，摆一个造型；再结合梅花或菊花或盆景进行构图。构图决定一张照片的成败，这是那会儿的审美观。你总得拍点与众不同的东西吧，构图就决定了你不是在照相馆里拍。再说，那时的拍照有些悬念，你摆布得再好，“咔嚓”一声，效果怎样，还得暗房冲洗出来才知道。所以，第一步就得认真做好，余下的步骤就更具专业性了：对光圈、对焦，照相机大多都是“海鸥”或“上海”“红旗”牌国产相机，一次只能拍十几张，也没有换镜头这件事，不像现在有长枪短炮各种装备。所以，光圈、焦距掌握得好，是一张照片成功的关键。最后才是“麻豆”的表现。

在我的相册里，仅存了几张黑白照片。出于经济和冲印原因，那几张照片都很小，鼻子眼睛分不太清楚；唯一能看出的是，每张照片都咧着标准的口型（嘴角上提）微笑着，旁边也都一定有一盆梅花或菊花，我们或手扶梅枝，或轻拈菊花，作沉醉状。

王叔叔还有一手绝活，时不时掏出各色纱巾来，罩在镜头前，作为滤镜。这是摄影师们常常使用的手段。这样拍出的照片，有一种朦胧的（文艺）效果，深受广大老少女性喜爱。

上中学之后，我随着王叔叔去了一趟杜甫草堂：当年叫草堂祠，把杜甫草堂和工部祠合在一起了。在那里，我留下了另外一张标准像。草堂南门附近，有一堵特殊的照壁，上面用青花瓷碎片拼缀成了大大的两个字——“草堂”。据说，这是毛主席当年参观草堂祠时留下的墨宝；所以，每个前来的人都要在这里拍一张照，大家排着队，逐一地站在“草堂”二字面前。不独是我，基本上每个人都是这样的标准像：穿着绿军衣或蓝制服，戴着绿军帽或不戴，一手叉腰，一手握着红宝书，放在胸前，对着镜头，用一种训练过的自信微笑。

高中时，“文革”进入后期。此时，各地照相馆生意开始火爆。因为，那时照相是一门手艺活，不可能人手一个照相机。所以，想要在大时代中留下一段个人的身姿或倩影，只能通过照相馆的专业拍摄实现。那年月，各行各业的人，都要到照相馆去，拍一张与身份有关或无关的照片；有时候，却是不同身份的扮演。安迪·沃霍尔第一次到中国来（大约是1972年），着实被天安门前照相小摊的彩色着色照片震惊了。十几亿人，统一着装，这对他的复制观念，也是一个大启迪和大冲击。最后，他模仿当时的中国人，身穿绿军装，手拿红宝书，在天安门前照了一张相。如果，美国著名艺术家辛迪·谢尔曼，也在1972年来中国，想必，摆在照相馆橱窗里的那些各种角色装扮的人像照片，也会把她震得目瞪口呆。那真是不输给她那些精心装扮的摆拍照片啊！

作为中学生，刚刚进入少年时期，能够彰显自我的方式有限；照相，在任何时代，都算对自我的一种认识。所以那会儿，虽然都没钱，但逢年过节，生日聚会，同学们都会一起去照相馆合影留念。那些照相馆都很讲究摄影技术，道具背景亦极精良。不过，照相馆也有规定：不让拍摄有资产阶级思想的照片，所以，照相馆虽也提供一些服装，但都是与“革命”“民族大团结”这样的主题有关的，让人可装扮拍摄。比如，宣传队员总是会拍一些与“民族”风情有关的照片，借机在“灰黄蓝”大背景下，过一把绚丽服装的瘾。我姐保存的相册里，就有她跳舞的剧照——《金凤花开》：傣族上衣，傣族摆裙，头顶一根孔雀羽毛，娉婷之态，秀美之姿。军人们，则爱手捧“红语录”，模仿烈士雷锋，用他著名的“学《毛选》”经典造型。学生，可模仿的较多，工农兵形象都是扮演对象。中学时，我的一位同学穿各行各业行头，照了一批大满贯标准相。厚厚一本相册，4寸标准像：统一微笑，统一站姿，统一发型。唯一不同的是造型：一顶草帽，配一条搭在胸前的毛巾，这是“农民”的标配打扮；军装配皮带，军人标配；工人则有各工种，可以视爱好而选择。她拍过护士，头顶白圆帽，口戴白口罩；拍过纺织女工，戴蓝工帽，穿围裙，上面红字印着“川棉一

王叔叔在草堂为我拍摄的“标准照”

大姐（左）剧照

厂”。甚至，相册中还有一张大厨打扮，手托木头餐盘，上有杯盘碗盏。总之，各行各业，劳动人民最光荣。七七八八，把当年战斗在第一线的人民都扮演过了。许多年之后，我看了艺术家海波的观念照片，突然想起：我那位同学当年各种扮相的照片，现在拿出来，做一个展览，那得多有效果啊！可是一问，她说：“夫妻吵架，被老公烧了。”我遗憾得连连叹息了半天。

我和同学也到照相馆拍过一些合影，都有主题，如：广阔天地，大有作为。四个女生，两个前排就座，两个后排站立，一色背草帽，胸前搭毛巾，健康地微笑。或不爱红装爱武装：也是四个女生，两个前排就座；两个后排站立，一色的绿军装，绿军帽，照样健康地微笑。表现友谊的：陶然一笑友情深。也是四个女生，两个前排就坐；两个后排站立，因表现的是友谊，所以着装比较随意。韶龄稚气，素服薄袄，也都健康地微笑。

照相馆则将主题——都是一两句“豪言壮语”，或名人语录，或“格言”——用白色楷体写在照片上方，加有年月日。

那时，还时兴“戎装照”，大多是军人所好，但也有平民参与摆拍，前不久，家中有人晒图。

我二姐曾经幸运参军入伍，她晒出一张“不爱红装爱武装”的“摆拍”。姿势，也是当年的规定动作：一手叉腰，一手持枪；一脚站立，一脚蹬石。典型“戎装照”，花木兰现代版。她其实在军医院工作，手枪，是找管军械的战友借的。

我哥也晒出一张“戎装”大片：前景正中，一片衰草中，一个解放军战士卧倒在草丛中，也是一手持枪，另一只手拿着望远镜。这是《渡江侦察记》吗？照片一定是专业摄影师所为。看照片时，我说，像《奇袭》里的张勇手；我姐说，像《铁道卫士》里的高科长。张勇手是刘晓庆的恩师，大家还算熟悉。这高科长，是50年代的演员，谁也想不起他来。这时，我弟开口了，说：“叫印质明。”这么偏的人名，亏他想起。呵呵，我家的人，不愧都是从电影学院观众系毕业的。

高中毕业时，班上六位要好的男生，一起拍了毕业合影：六个男生，三个前排就座；三个后排站立。绿军装或蓝便装，发型统一，个头统一；因纯朴挚真，连长相也都比较统一。这是他们的第一张合影照。我说第一张，是因为从这张毕业照开始，六位男生每年都拍一张，从1974年，坚持到现在。几年前，我从其中一位——坚持策划每年拍摄的男生小王（如今的老王）那里，要来相册看看。一看，真是唏嘘：开始的几张照片，恰同学少年，英姿洒然，平头光腮，眼睛闪耀着理想，脸上写着青春之歌；渐渐地，由少而壮，点苔浅须，衣带渐宽，虽仍年轻，眼神渐露疲惫之相；再又几年，由壮至老，毛发渐疏，体态松懈，座中只余五人。看至此处，我问：“是否每年继续拍？”老王回答：“继续。”我也说：“继续，别停！再

小费的摆拍

拍二十年就不得了了。”随后，五人依然每年春节聚齐，不拘何处，总要拍上一张。这几十年中，拍照这事，也发生了翻天覆地的变化，可从这些同学合影照中，看出端倪。最初的“东风”照相馆，渐渐被拍得没了；渐渐地，他们开始在影楼拍摄，背景也从当年手绘的成都本地景点，变成了喷绘打印的世界各地风光。后来，影楼拍摄风潮变了，婚纱照成了影楼的主业。这时，数码相机开始普及，同学们的合影照转至各自的客厅。至于摄影师，也许就是他们的子女。这几十年下来，就是一部个人摄影史啊！

老王本人并未成摄影师，但他对拍照很有感觉。除每年坚持同学拍照之外，他自有女儿后，便每年与女儿合影一张，三十多年，从未缺过。今年与他见面，我还开玩笑说：“春晚导演不开眼，有你在，什么大萌子小萌子的，算什么啊！”

我一直想为老王办一个影展，名字就叫“同学”。这几十年如一日的合影，放大了，聚齐了，挂展厅里了，五人往那儿一站，那是一种什么感觉？几次三番，我说与一位摄影圈大佬，他也认为很牛。但是，至今尚未如愿。

贰

高中毕业，我下乡了。可想而知，这两年的生活，在我的相册里，完全是空白。直到我进入成都电讯工程学院（如今的成都电子科技大学），班上有位喜爱摄影的同学小费，上大学前，他在某家研究所负责摄影工作，令人艳羡地拥有一台专业相机及整套冲印设备。大学期间，他不忘提高摄影技术，得空就用“长城”牌135相机进行创作。我的相册里，仅存几张他的摄影作品，从中可看出，70年代摄影创作美学标准之一斑。这几张照片，都是入学第一个月时，全班赴农村“学农”时所拍。不知为何，他选中了我和另一位女生当模特。照片是按摄影师意图摆拍的，有意模仿现实，但又制造动感，据说这叫“摆中抓”。照片中，我们都在田里插秧，画面构图很有戏剧性：我直腰数秧苗，那位同学弯腰，往水里插秧苗；同时，回头看看我的秧苗。另一张照片，是我俩躺在麦秸堆上小憩的模样：我含着一根麦草，若有所思；那位同学俯身与我说话。嘿嘿，不瞒诸位，这类现实主义美学的标准摆拍，我70年代就会了。

“学农”完了又“学军”。“学军”地点在成都郊外某部队营地。一般地，要学习军队的各种技能与纪律，成天趴在地上，“三点一线”地练瞄准，打靶。乏味，沉闷，烦躁。

一天，驻地里来了一位大叔，胸前挂了一个很高级的照相机，穿了一件薄薄的棉布夹克。别的夹克一般两个兜，他的夹克有五个兜。后来认识摄影师多了，才知道这是行业“打头”（四川话：装扮）。穿上一显专业，二为方便；各种的滤镜都可分放在兜里。只见他走到我们之中，男男女女地挑选出一排同学来，做了全套立正、稍息、趴地的姿势后，不知为何，又挑上了我。这次，还有另外几个男女同学。为何我屡屡被摄影师青眼相中？我自己分析过原因：当年我发育健壮（因为爱好各项体育运动），浓眉大眼，在四川人里面，也算个头高挑。虽然青春期千方百计也减不掉的婴儿肥，让我非常不爽，但却正好符合那一个时代“女民兵”式的美学标准。70年代的“麻豆”形象，正是这款这式。

比起之前的那些摄影师，这位李姓摄影记者，供职于成都最大的报纸《四川日报》，那专业程度没得说。为了配合报社宣扬“文革”后的青年学生形象，他颇花了一番心思，来突出大学“学军”生涯。为此，我们被抽调三天去拍照，不必日晒雨淋地去“三点一线”练瞄准，让人窃喜（四川话叫“吃粑和工分”）。这三天，让我摄影知识大增。这不是摄影，这是拍大片啊！

在一个月明星稀的夜晚，小树林的草地上，记者（导演）指挥我们搭起三角帐篷，燃起了一堆篝火。我和一位男同学盘腿坐在火堆旁（全副武装），一位极具沧桑感的老干部坐在旁边，讲革命故事，诸如此类。远处，可看到一位男同学的背影，他肩挎步枪，挺立着，背朝我们，正在放哨。为了这张全景照片，我们可费劲不小。当时的摄影条件不好，为了获取好的光线，简陋的灯光设备被调整来调整去，我们脸上的微笑（按导演要求）裂开又收拢，收拢又裂开；直至面部肌肉发抖，控制不住，直至发硬。这“粑和工分”可不好挣啊，如果不是好奇心支撑，很难完成这一艰巨任务。

剩下的两天，我们分别拍摄了另两张大片。一张是“学军”生活的展现：休息时“擦枪”的场景。照片前景中，我坐在一条林中小路旁，那时没有化妆这一说，我梳着平时的发型，即当年流行、现在笑死人不负责的“刷把头”，身穿蓝布工装服（那时不分男女，一般标配的两种款式之一，另一款是绿军装），依然全副武装：子弹带、背包、步枪等民兵标配。一手拿着白手帕，一手握着枪杆，做擦枪状。中景有两位女配角，正倚枪小憩，脸被虚掉了。远景各有两组人物，依稀看出三人一组，有倚树谈话的，有围蹲在一起聊天的。构图符合大片规律，有虚有实，有远有近，有故事有情节，还有婴儿肥突出表现那个时代的人物特征。总之，这是一张成功的70年代黑白大片，也成功地刊登在了大报《四川日报》上。

另外一张则更属大片中的大片，可以媲美现在时尚杂志封面照片，不过，故事却与时尚相反。此次，摄影师所拍大片，是一个虚拟的战争场面。那是一个月明星稀的夜晚，摄影师兼“导演”找到一簇杂草丛生的小山坡，我以及另外几个男女同学都匍匐在草丛中。蒙“导演”错爱，我仍处于女主角位置，除全副武装，这次，我还背了一个步话机。“导演”吩咐了：我们要拍一个军事演习场面，等到照明弹打响时，我须大声喊话，喊什么呢？跟电影里演的一样，“长江，长江，我是黄河”，诸如此类。这情景，这感觉，要是剪切下来，粘贴

“长江，长江，我是黄河”

李记者的摆拍照

同学小费拍摄的双人合照（那时尚无 ps）

李记者拍摄的实验室照片

到今天，我肯定立马笑场。可在当时，那是很严肃的大事啊。我想：“胶片就很值钱，照明弹那更值钱了，如果一条不能通过，那……”想到这里，我一张皇，全身就直冒汗。幸亏，这跟“导演”要求的情绪正好吻合。

如我所料，几乎一条通过的可能性都没有。照明弹升起时，不是我的口型不对，就是同学们配合得不好，或是“导演”不满意，急得“导演”和我都是满头大汗。折腾了大半夜，拍摄终于完毕；“导演”和同学都疲惫不堪，拍大片，不易啊。

拍摄完毕，我又回到“三点一线”的“学军”生活中。过了几个月，李老师如约寄来了冲印好的全套照片。它们现在还躺在我的相册里，提醒我那个时代的美学象征。今天的时尚摄影师们看了，一定嗤之以鼻。但是李老师当年就是成都著名的摄影师，如放在现在，早已进入美术馆，举办个人展一类的，美酒香槟，美人环绕。可当时，除了在报上刊登之外，他的作品只能通过照相馆的橱窗略加展示。

一天，我回到家，我妈高兴地说起：她的同事看到了《四川日报》上，我的“擦枪”照。我听了卑喜交集：喜是我的照片登上了成都第一大报，我妈一直不看好我，这下，终于让她在单位小小地得意了一下。卑，则是自卑的卑，虽然婴儿肥式的壮实，代表主流审美标准，但是，在民间，骨肉匀称的瓜子脸才是真正美的代表。显然，我离后者还太远。

“学农”“学军”之后，我们终于开始学专业。第一学期，集中补基础知识；第二学期，我们进实验室做实验。一天，实验室里又来了摄影师，他要拍我们学习专业知识的场面。作为最具那个时代“工农兵”形象的我，再次被挑选出来。在自己最害怕的各种电极之间，微笑，装模作样做实验。现在，这张经典照片，仍躺在我的相册里。我还意外发现：作为校史的一部分，它至今仍挂在“成电”图书馆的墙壁上。就在写这篇文章的时候，我被母校邀请回去参观。在堪比省图书馆的“成电”图书馆二楼，百米之外，我一眼就发现这张照片。这构图，这摆拍风格，我太熟悉了。

后来的大学生活中，同学小费时时保持他的创作热情，拍了许多“准大片”。在大学主楼前，在图书馆里，在小得可怜的草坪上，我和许多女生留下过所谓“倩影”。我们三三两两，或站或坐；也无道具，偶尔腋下夹本书，手上拿支笔，总之，营造一种“校园”生活。偶尔，他拍一些纪录性的生活、旅游照片。从这些纪录照片中，我能回忆起一些有趣的日子。有一年春天，我们前往云南实习，顺道去石林。那时，我一时兴起，剪了一个男孩发型“小男式”。去云南的路上，我一路招来不少青眼、白眼。云南比成都更偏远，民风更保守。在阿诗玛石像下，我只好头戴一顶小圆帽，遮掩一下四处射来的惊诧目光。小费为我拍了一张高卧草地，托腮凝神的照片。照相馆洗印出来时，加上题词“春天来了”。那是1979年。

1980年，我大学毕业，到西南技术物理研究所工作。上班之外，我开始大量写诗。这时，我认识了摄影家高原和吕玲珑。当时，成都的摄影圈有两个大佬，一个是现在移居法国的高原，另一个就是赫赫有名的吕玲珑。吕玲珑现在以“稻城”的发现者闻名于摄影和旅游圈。当年，高原仙风道骨，吕玲珑却是彪形大汉；高原是独行侠，吕玲珑却是青年领袖；一个爱拍人物，一个爱拍自然；一个独来独往，一个高朋满座。

吕玲珑家住南门，那时，我住西南技术物理研究所宿舍，离吕玲珑的家，步行只有十分钟。我常常去他家参加成都摄影界的聚会。他住在给他父亲分配的“红军院”，那是一幢老式陈旧的二层小楼。在那里，我认识了当时最活跃的成都青年摄影家，比如：毕克俭、吴奇章、陈锦。其中一些人，与我至今是朋友。我不记得有多少次，在吕家讨论艺术、摄影和诗歌，又有多少次，参加他们在各个现在看来匪夷所思的地方举行的摄影展；只记得有一次，在锦江宾馆旁边的大街上，一条绳子拉在树上，照片就挂在绳子上，树下则堆放着一些青年画家的油画。

吕玲珑主要拍自然风光，偶尔也拍人物。我相册里尚有一大组照片，已经泛红，就是他用当时尚不多见的彩色胶卷为我拍的，也是1983年。那是我第一次见识费司120相机，那个

同学小费在云南阿诗玛景区拍摄

年代，它就是“专业”的代名词，听说也是单位的，吕玲珑只有使用权。但是，我充分享受了现在那些时尚杂志拍大片的感觉，吕玲珑和高原拍照，与我之前见到的摄影师不一样。他们拍人物，基本不采用摆拍方式，都是抓拍，但是他们也会安排一些场景：我时而站在树荫下，时而倚在红墙上，时而又是一个背面转头看向镜头，不同的光线，在我的脸上或身上流淌。与现在拍片一样，镜头也是“咔咔”地响着；不同的是，现在的相机都是数码的，不用心疼拍太多，海量抓拍，总是会出一张好照片的，连我都会了。那时，却是昂贵的进口胶卷，拍一张算一张，一连拍了七八张，我也算享受了明星待遇。照片上，我穿了一件从深圳买回来、那时还很罕见的红色牛仔服。1983年，就是这件牛仔服，以及这些摄影家、艺术家人人必备的长发，让我在单位抬不起头。按照物理专业的美学标准，这样的打扮，与小流氓无异。因此，我被逼到天天思考辞职这样的问题。

高原最早与我同在科分院。他的摄影技术一流，很快，就调至四川文艺出版社，专职摄影。我与他曾经试图合作一本关于川西平原的大型风光摄影图册，未果。原因是我的配图文字太现代，太晦涩，没有入喜欢抒情性文字的主编法眼。

一天，高原拿着照相机来单位找我，去参加一个什么活动。走出大门，他就“咔嚓”为我拍了一张。照片中，我由于畏光而皱起眉头，显出一副苦大仇深的样子。80年代，现代主义启蒙运动刚兴起，一种新的美学特征也刚刚显现，正好吻合了我对过去那些摆拍照片的厌倦。我觉得高原拍的，才是“作家”的照片。其实，那时我离“作家”二字，还差一撇，那是1983年。1986年，我在安徽《诗歌报》上，发表《黑夜的意识》一文时，提供了这张照片作为作者像。那也是我1984年写完组诗《女人》后，首次有作品得以发表。照片发出来后，与文章一起，引起了巨大争议。文章和诗，自不必说了，一时供许多人批判。照片风格也显得前卫、先锋，不合主流审美。“太丑了”，是大多数人给出的评论。我却不以为然，众人不知，主流摄影那一套审美，对我，已是曾经沧海了。何况，那段时间，我内心七拱八翘，现实生活中，不知光明何在。让我笑，我都笑不出来。在照片中，当时的状态真实地流露了出来。

不过，这张当时吓人的照片，很多年后，还常常被人忆起，据说让人“印象深刻”。而高原，很快就移居法国，主要拍广告了。吓人的照片，他再没拍过，也不会有人让他拍了。

1982年吕玲珑在望江公园拍摄

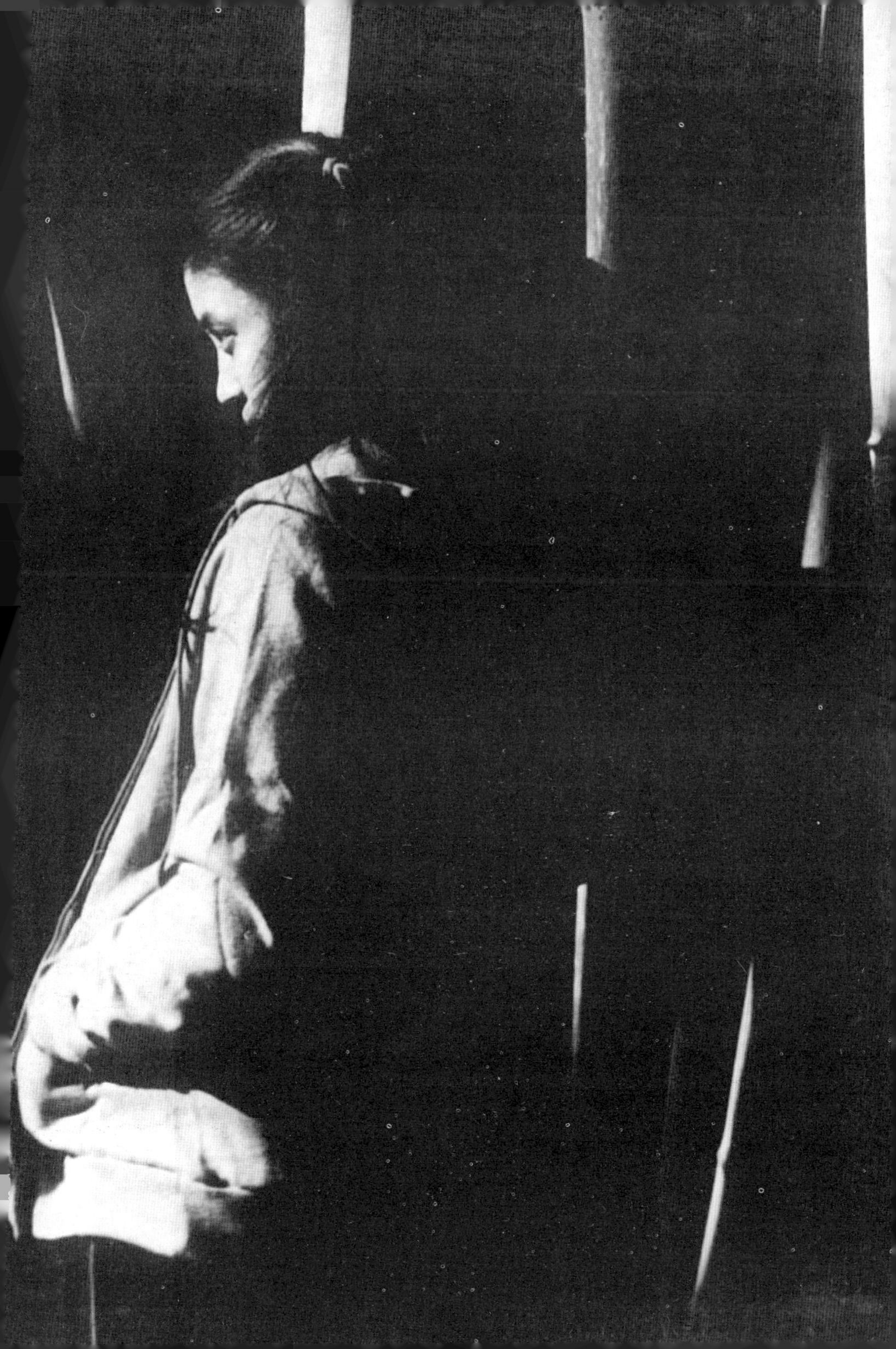

少年杂读记

小学三年级时，我转学到成都红庙子街小学。

红庙子就是过去的准提庵，康熙年间建成的。大约因为庙的围墙是红色，所以，光绪年间，就以红庙子作为街名了。

那时，并不会有人知道，红庙子将来会有一天以股市之名闻名于世，参与到中国股市的浮沉之路中。三年级小学生的眼中，以那座破庙改建的校舍，神秘而破旧。红庙子是小庙，但地段颇好，当年想来也是香火鼎盛。如今，也能看出三进的格局。学校领导训示时，都站在庙堂正殿之上，背后则是神像高踞，虽简陋仍庄严。学生们站在正殿之下，本来就矮了一截，加上人小，就更矮了下去，衬托得校长也更显威仪。两廊的房间是老师办公室，侧院的一排厢房才是学生教室。

转学到红庙子街，是根据当时教育局的规定：就近入学。我们家搬到了鼓楼北三街，离红庙子仅一条街。红庙子左转，即为鼓楼北三街，右转为鼓楼北二街，直走梓潼街，街口就是西城区图书馆。我的命运与那座图书馆大有渊源。当时，我父母各有一张图书馆借书证，但他们无暇借书。两张借书证就被我接管了。记得第一次迈进图书馆大门，旋即被别有洞天的清雅震住了：小小的四合院，红漆木柱，网格窗棂。印象最深的，就是正厅两边，各有两个桶形青瓷镂空方凳，好像在描述古代的连环画里才看到过。正厅门始终关着，侧门倒是大开，一个高高的条案，横在门侧，图书管理员高高坐在上头。条案两侧有一橱柜，有许多抽屉，里面都是卡片，分门别类地列着图书馆的所有书目。那时，我识字不多，以前都是热衷于看连环画，从西城区图书馆始，我开始看"字书"了。

西城区图书馆设有少儿阅读部。当然，我那时看的"字书"，也仅限于少儿："童话"和"民间故事"。童话自不必说，以一天两本的速度，我很快就把"童话"书目里的书借完了，然后开始扫荡"民间故事"。除了大量汉族民间故事，原来中国其他的少数民族，几乎都有各自的民间故事。关于混沌开天地的传说，每个民族都有，虽然大同小异，但每个民族都有自己的史诗和仪式，还有神通广大的祖先。

一天，我借了一本印度童话书，叫《一棵倒长的树》。还记得大意是讲一个孩子家里的牛，被财主骗了去，换回魔术种子，长成了树。在一次暴风雨的雷电劈打下，这棵树倒下去，往地心里生长。小主人公沿着这棵倒长的树，向地心走去，一路经历了无数的故事和地方。这是我记忆最深的一本童话书。成年后，我曾多次对别人提起，奇怪的是：从来没有人说也曾读过。以致有几次，我开始恍惚这本书、这些细节是否是自己做梦或是臆想出来的？

我念念不忘，是因为其中一个小故事，讲的是关于现代都市的恐怖故事。小男孩到了大都市，里面集市荒芜、机器运转，但是看不到多少人，全城只剩一个小女孩。小女孩的父亲是资本家，他用机器代替人工，导致工人失业，人口流失。最后，他疯狂地把小女孩的八个手指剁掉，只剩两个大拇指，用来摁机器按钮。这个黑色惊悚故事，当时就把我吓得够呛，年龄越大，这一细节越发凸显。这本童话书真像科幻小说一样，具有社会预见性，言简意赅地触及现代性和商品社会的问题所在。我后来喜欢看科幻书，也写一些与未来有关的诗，也许最早的影响就来自这本童话书。

小学三年级时，我个子已经很高，但仍需踮着脚尖才能够着条案。一天，我放学回家，照例借书还书，刚把书递给管理员，他就笑盈盈地说：“你每天只看书，不上学吗？考试会不会不及格啊？”我幼时特别木讷口拙，顿时就窘跑了。我小时候看书很快，确有一目十行之风，但也落下不求甚解之病。

很快，“文革”来临了。学校停课了，借书证没用了，图

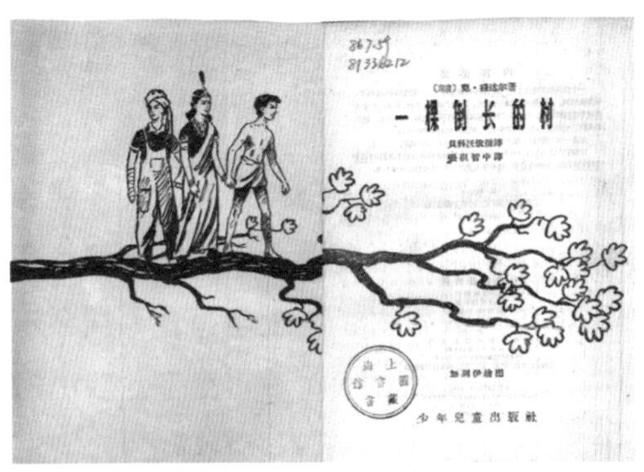

《一棵倒长的树》，克·钱达尔著，张积智译，少年儿童出版社 1958 年版

书馆也关闭了，因为里面都是“大毒草”。老师们都成了惊弓之鸟，学生们则作鸟兽散。那时候很牛的，就是戴着红袖套的红卫兵、红小兵们，其中很多人，以前除了上课，从不读书。我看见他们，就赶紧把书藏起来，免得被收缴。

虽然阶级斗争搞得轰轰烈烈，但是，院子里一群无事可干、无书可读的小娃儿却欢天喜地，对我们来说，“文化大革命”只是天一下、地一下，无逻辑可循的事情。私下里，我们也干了许多“反动”之事。一个月黑风高的夜晚，我和几个小伙伴偷偷摸进西城区图书馆。图书馆已然废弃，青瓷石凳也不知所终，一把长锁、两扇木门锁住了当年的借阅室，从隐约的月光和城市光线中，往窗内看：书架依然排列，蛛网密布，灰尘浅浮。不知是谁，将两扇门一前一后掰开，门，现出了很大的一个缝隙，我们之中最瘦的一位，被大孩子胁迫着钻了进去。在外面的指令下，他开始从屋里扔出一本一本的书，现在想来，最想得到这些书的，应该是我。但是最胆小的我，只是心慌意乱地从地上捡起两本书来，拔腿便跑掉了。

我现在仍然记得，其中一本叫《人皮灯罩》，或诸如此类的名字，是根据二战时期法西斯集中营的暴行而写就的小说。可能是我最早读到的惊悚小说吧，读完害得我好几天没睡着觉。另一本《女皇王冠上的钻石》，我已不记得内容了。

过了很多年，一位西城区图书馆的朋友谢寿刚，通过微信与我联系上了。我才知道，当年正是他带领我们去偷书的。据他说，有些书，看完之后，又还回去了，因为他是西城区图书馆的员工子弟。还说，西城区图书馆共有上万册书，他基本都看完了。我们俩在微信上追忆这段阅读时光。他说：“我们都是在这个图书馆泡大的。它曾是我们这代人最好的角落，是我们免于到社会上去打闹或干坏事的一个重要避风港。”

停课约两年吧，我们又恢复上课了，现在学习的气氛完全改变，以自习为主。老师们都战战兢兢，不知教什么好。我在停课期间读了不少书，除了读书，没有任何学习兴趣。记得父母买来墨汁，让我练写毛笔字。我没有耐心，嫌麻烦，以致到今天，还是一手烂字，平生最讨厌的，就是让我题字或签名。只有读书，能让我立即安静下来，与现实隔绝。我那时觉得除了读书的时间，其余的生命都是浪费。最不耐烦的，就是被我妈逮住，做各种家长里短的事。每天放学上学，我都边走路边看书，走到家门口，我却不愿进去，总是在院子门口，又看上一小会儿，才恋恋不舍地回家。

1966—1976年，图书馆都已关闭，各种书籍都沦为“大毒草”，不能进入人们视野，我们读到的文字，除了“最高指示”之外，就是一些革命小报和各造反组织的大字报。那时，正值我刚刚掌握了文字工具之际，求知若渴，一看见白纸黑字，就会扑上来，通读一遍。可这个时候，却无甚可读。连我妈的西医教科书《妇科大全》，我也偷出来，读了一遍，虽一窍不通，也内心觉得相当厉害！

那年头，物质匮乏到无以复加的地步，连黄豆芽都要凭票证购买；而且，还须半夜出门去排好几个小时队。一般家庭都把购买任务交给孩子。我和院里的小伙伴们常常半夜被拎起床，去排队买豆腐。我总是拿着一本书，挤在队伍中，就着昏暗的路灯，津津有味地读着某本借来的书，渐渐地，就忘了这苦差事，神游天外，进入书中的另一重空间。

1968还是1969年？不管吧，反正是“复课闹革命”不久，我进入了初中——成都二十六中。二十六中在文武路上，对面是市公安局，坊间流传，因为挨着公安局，所以二十六中很乱，小流氓多。但是，政策是就近上学，没得选择。

让我高兴的是：与小学不一样，我中午可以不回家，在学校食堂吃午饭。我从无睡午觉的习惯，所以，这真是阅读的大好时光啊。可是，书源是一个很大的问题。图书馆都被关闭了，“封资修”书籍都被烧掉了。家户人家，都怕惹祸，即便有一两本书偷藏在家中，也都束之高阁，埋入尘埃。同学中，谁拥有一本“世界名著”，真叫奇货可居。许多人都眼巴巴地等候在后面，排队借阅呢。

初中时，有一位女生，父亲以收荒（收破烂）为生，俗称“收荒匠”。那时的收荒匠若有收藏意识（也大有风险）、有场地（几无可能）、有仓库存放旧货，以及有远见（知道“文革”终有结束的一天），那日后必生大富贵。“文革”期间，一切旧世代的东西，均称为“四旧”。家有“四旧”，查获必

《基度山恩仇记》，大仲马著，蒋学模译，中外出版社 1979 年版

究。所以，除了少数胆大或根正苗红不信邪之人，家家户户都将这些“封资修”的东西，清扫出门。收荒匠，就是人们最需要的人：好歹可以当破烂，卖上几文钱。收荒匠收到珍贵字画的事，自不必说了（那年头也不视其为珍贵）。旧版书、线装书、1949年前印的书都是祸根子；称斤卖，犹恐不及。就这样，该女生家里，拥有大量其父没来得及处理的“旧书”。很快，整个年级里喜欢读书的同学，都掌握了这一信息，互相传说她家有的那些“禁书”，口水滴答一地。终于，有人开口去借了，也借到手了，从此，那位女同学地位直线上升，大家都争先恐后，成为她的好朋友，以期“奇货”能到手“流转”一下。说流转，是因为那些书借出来后，基本回不去了，巴望传看的，大有人在。那时的光景是：喜欢读书的同学，互相都认识，且如《水浒传》中的好汉要互相接纳一样，书迷们都要相互结交一下；谁知道某个人手上有没有一两本“奇货”呢，相互交换传阅，就是结交的理由。与我来往至今的两位闺密，就是当年以“借书”的名义认识的。

一天，我正上课呢，某书友匆匆拿来一本书，从教室后面传给我，说：“快看，两小时后还我。”这是当时传看书的常态：某本正在流转的“名著”，被中途截留两小时，后面的人，正眼巴巴地等着呢。时不我待，赶紧埋头看起来。两小时很快，正读到关键处，远远看见书友过来，急得我拔腿便跑，一路跑出校门，在拐角处，蹲了半个多小时，终于看完，回去了，不用说，遭到书友一顿痛斥。那本书，就是传说中的《斯巴达克思》。

在那个年代，没有互联网，更没有文学史。“文学”的另一个名称，就是“毒草”。所以，对一张白纸来说，“世界名著”的概念，是一个传说：来自大年纪的师兄师姐，或自己的哥哥姐姐们，口头上念叨过的。很多时候放学路上，或午休时，与几位志同道合的书友，在一起“谈文学”，是一种境界，也是一种娱乐。没有文学史做参考，传说中的“名著”，就显得更名著了。此生若不能读到，必为一憾事。一位同学曾谈到人生两大愿望：一是去杭州旅游，二是读到《基度山恩仇记》。

《基度山恩仇记》在今天看来，一本畅销书罢了。为何有如此大的影响力呢？也许就是禁书的力量。中学时，没有任何人读过这本书，但同学们都在谈论这本书。传说，这本书分为上下两集，内容跌宕起伏、精彩纷呈。仅听这几个字，就给这些初中小孩一种巨大张力：基度山、伯爵、恩仇；在“反帝反修反封建”的年代，在阶级斗争大于天的年代，这几个字加在一起，得有多大的神秘感啊。光念念这书名，空气都得凝固一小会儿。别说读，能听到就不错了。我起初就是听我姐姐讲的这个故事，现在想来，她也是别人口口相传再添油加醋讲给她听的。在我渴求的眼光中，她也许得到过极大满足。所以，有一段时间，她像评书人似的，把故事分成许多段，挤牙膏似的、长麻吊线地，讲了许久。

那活活就是一个70年代版的《肖申克的救赎》啊。我分期分批地咀嚼那些关于监狱、冤案、黑夜、逃亡、复仇等等细节，紧紧地把它们摁进记忆中。终于，在一个我妈非要我洗床单，玩伴们却催我去玩的下午，我说服了他们：听我讲故事，讲《基度山恩仇记》，条件是帮我洗床单。于是，四五个小伙伴，蹲坐在一个大木盆旁，七手八脚地帮我抹肥皂、揉床单。而我，则细细反刍从我姐那儿听到的细节，添油加醋，完成了二次创作，成功地把他们吸引住了；直到床单洗净、拧水、抖伸、晾晒完成。后来，《基度山恩仇记》的故事，我又在同学中讲过好多次，每次，都成功地吸引了他们。许多年后，真正拿到这本书时，我已对此书不感兴趣了。再说，我匆匆翻了一下，大失所望，前几年流行的“见光死”，可以形容我的读后感。

有“世界名著”，当然就有“中国名著”了，也就是传说中的中国“四大名著”。“四大名著”全看过，在同学眼中，就很牛了。首先，“四大名著”不好找；其次，“四大名著”不好懂；再者，“四大名著”中，有三本头顶黑帽子，《红楼梦》是黄书，《水浒传》是宣扬投降主义，《三国演义》是封建余孽。只有《西游记》悬于真空，无从界定。都知道毛主席写过“金猴奋起千钧棒”，毛主席看过，也许就没问题，这是当时人们的思路。

《斯巴达克思》，拉·乔万尼奥里著，李俍民译，新文艺出版社 1957 年版

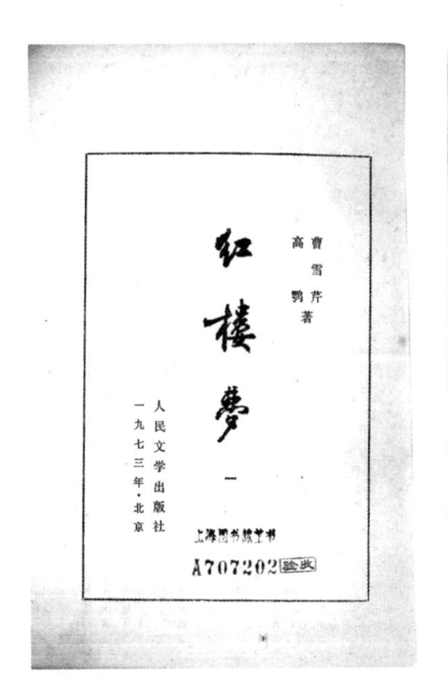
红樓夢

一

曹雪芹 高鹗 著

人民文学出版社

一九七三年·北京

《红楼梦》，曹雪芹、高鹗著，人民文学出版社 1973 年版

话说初中结束前，“四大名著”我都囫囵吞枣地读过了，有些懂了，有些不懂。在那个年代，读“四大名著”，也是有风险的。关于读《红楼梦》，我曾在一篇文章中描述过：《红楼梦》那时是众所周知的“黄书”，我偷看此书时的情景，与《红楼梦》中贾宝玉和林黛玉偷看《西厢记》几乎一样。有一天，我在课堂上偷读《红楼梦》，读得专注，老师叫我才听见。他叫我把书给他看，我一想，这可是借来的书，被缴就惨了。于是，我拔腿便跑，老师也追了出来，追得我满校园跑，直至情急，躲进女厕所，才得以罢休。在那以后，《红楼梦》成了我这一生中重复阅读得最多的书。

有人说：《红楼梦》里面大量的诗作，并不特别精彩。我那时十来岁，没有能力分辨，就是喜欢。这就像初恋，没有道理，无需道理，爱就爱了。那一个夏天，我的笔记本上，满满地抄上了《红楼梦》里的那些诗，下面这首是我当时最喜欢的：

半卷湘帘半掩门，碾冰为土玉为盆。
偷来梨蕊三分白，借得梅花一缕魂。
月窟仙人缝缟袂，秋闺怨女拭啼痕。
娇羞默默同谁诉，倦倚西风夜已昏。

书中写到某次诗社的主题：咏菊花，共有十二个题目。《忆菊》《访菊》《种菊》《对菊》《供菊》《咏菊》《画菊》《问菊》《簪菊》《菊影》《菊梦》《残菊》。诗作好后，李纨阅卷评论，推出诗魁。十二首菊花诗，一首不漏地全被我抄在笔记本上。闲来每读，唇舌留香。《红楼梦》里结诗社的段落，我读了又读。真是诗意人生，无比羡慕啊。想起来，我很多年后开酒吧，举办各类朗诵会，焉知不是《红楼梦》里饮酒读骚、焚香煮茗的那些场面于无意识中潜移默化所致。

从《红楼梦》开始，我又读了大量的古典书籍，把唐诗、宋词、元曲扫荡了一遍，不过都不求甚解。后来，我又读了"类型书"，最爱读的是武侠和公案小说，比起后来金庸、古龙的"新武侠"，那可是原汁原味啊。把我拖下水的第一本武侠书，是《三侠五义》，也是重点被批的"封建余孽"书，我已不记得这本书从何而来，最后被我收藏了。再往后，长期被用于交换书的《三侠五义》，从中间断成两截，靠书脊维持着。

那是初三的时候，夏天，教室的前后两道门却开着。我的座位在中间，坐在我前面的是班长。我把书桌的抽屉拉开，里面摊放着《三侠五义》，书桌上摆着生理卫生课教材。我一直奇怪：为什么会有生理卫生课，那些教材我认为读一遍就行了，用得着教吗？因此，这堂课基本上是我的阅读课。

那都是些千锤百炼、口口相传的故事："御猫"的故事，"五鼠闹东京"的故事，包公的故事，各种机关暗器的故事。按说我应该喜欢展昭才是，但隐隐觉得：他与现实中正义凛然的英雄人物太相似了，便不大感兴趣。倒是白玉堂亦正亦邪，复杂多变的性格，吸引了我，正看到他夜闯冲霄楼时，毫无征兆，“他双脚一滑，暗叫声不好”，就掉进铜网阵，万箭穿心，死了。我亦如一脚踏空，心一下落到地上。文武双全，潇洒仗义的白玉堂怎么会死呢？作者浓墨重彩，层层铺砌，把读者拖了进去，但是毫无预示，主角就死了。我一下就从另一个幻想世界里被打回原界：原来武功再高，也是会死的。后来，我又反复看过许多遍《三侠五义》，冲霄楼一节，我都不忍再看。

《三侠五义》是我读的第一本武侠书，之后便是《小五义》《续小五义》《施公案》《彭公案》等公案小说。其中印象最深的是《包公案》，这是明代人根据元杂剧等民间包公故事整理的短篇小说集，每篇独写一则包公断案的故事。包公故事也因《三侠五义》而再次被广为流传。接下来，我顺理成章地迷上了演义小说《隋唐演义》。当然，在我看来，这些书，都不如《三侠五义》那么故事纯熟，那么有吸引力。

鲁迅对《三侠五义》评价颇高，他曾说《三侠五义》“独于写草野豪杰，辄奕奕有神，间或衬以世态，杂以诙谐，亦每令莽夫分外生色”（《中国小说史略》）。此外，《三侠五义》也是各类戏曲的题材来源，这也深深地影响了我。“文革”结束后，一大批戏曲电影解禁，其中，许多地方戏改编自《三侠五义》，我几乎每部都看，从此便爱上了戏曲。

那年夏天，我度过了快乐的阅读时光，但代价是被贴了一张小字报。坐在我前面的班长，观察到了我不好好上课的举动，本着治病救人的动机，不点名地批判了我。我至今还记得班长的小字报名叫《对一个书迷的提醒》。班长的文章一向写得不错，我以“小人”之心揣度他私下也读了不少书。我心下也有点自惭，但又因读了不少书，对主流价值观开始有所抵触，竟也自甘堕落，以难为难。

初中将要结束的时候，表哥推荐了一本对我影响至深的小说《牛虻》，表哥当时正是一个热血青年，他给我看他抄在笔记本上的一首小诗，又大声地朗诵给我听。牛虻在狱中给琼玛的信里，最后的签名是他们儿时熟稔的一首儿歌：

不管我活着，
还是我死去。
我都是一只快乐的大苍蝇！

这首小诗在我内心回荡多年，每当我心情低落或人生徘徊时，内心就回荡出它积极的声音。后来，我才知道，这是表哥的版本，与书上看到的版本不同。书上这首诗是“一只快乐的牛虻”，但我一直偏爱表哥的版本，惹人憎恶的苍蝇也是快乐的，超然的；这里面有我对人生的理解。

1974年到1976年，我仍在二十六中读高中，那是我生命中最愉快的日子。每天放学回家的路，对我而言太短了；我总爱在路上手捧着书，边走边看。

与苏娅偷看当时的香港电影画报

《简·爱》，夏洛特·勃朗蒂著，李霁野译，陕西人民出版社 1982 年版

《牛虻》，伏尼契著，李俍民译，中国青年出版社 1953年版

在这条我走过无数遍的路上，我几乎漫游了整个世界，从雨果的《巴黎圣母院》到19世纪英国约克郡的《呼啸山庄》，到马克·吐温的密西西比河，我常常不知身处何地，好像在一个外空间中漫游，乐不思归。每当我回到鼓楼北三街，走进大门，我都会在门口停下来，继续看书，好像那道大门就是一个界限，一迈进去，我就落入凡尘。

在一个炎热的夏天，一本名为《简·爱》的书，传递到我的手中。那是一本无头无尾的老版书，由于多次翻阅，或曾被查抄等原因，前面部分已掉了十几页，后面也在关键部分被撕掉了，这也是当时流转到手的“名著”的常态。我贪婪地一口气读完了，好几天沉浸在19世纪英格兰的阴霾天气中，被一个异国女子的命运与内心世界，深深打动。

暑假，我与闺密去一个县城，找她姐姐。我们坐在一辆破得浑身颤抖的大卡车上，我告诉她，我刚读了一本“好看得不得了”的外国书，并打算口述给她听。可是，山势蜿蜒，汽车乱抖，在盘旋的山路上左右摇摆，我晕车晕得一塌糊涂，故事讲得乱七八糟。下车后，闺密说，这是她听到的最难听的一个故事。气得我两天不想理她。

其实，我是想对闺密倾诉这本书对我的影响：第一次，我从一本书中读到一个女人的独立意识；第一次，我读到一个女人的一段话，它比我听到过的所有话，都更有力量。那就是简·爱对她的爱人罗彻思特说的：“你以为，因为我穷、低微、不美、矮小，我就没有灵魂没有心吗？你想错了！——我的灵魂跟你的一样，我的心也跟你的完全一样！——我现在跟你说话，并不是通过习俗、惯例，甚至不是通过凡人的肉体，——而是我的精神在同你的精神谈话；就像经过了坟墓，我们站在上帝脚跟前是平等的——”最后这句话，成了我多年的精神支柱。关于女性命运的探寻，已在那时，不知不觉地进入我的身体；从我还是一个自卑羞怯、郁郁寡欢的小姑娘，到若干年后，写作《女人》之时。

1974年，我从成都下乡到新都，在离县城八公里的静安大队插队落户，除了行李，我随身携带的只有几本破破烂烂、开头结尾都没有了的旧书：一本翻得纸张都已透明的《牛虻》，一本只靠书脊支撑的《三侠五义》，一本与别人交换而来的《简·爱》。一本不知从何而来的《唐宋诗举要》，竟然，还有一本《古诗声韵大全》；尽管直到现在，我仍对声韵一窍不通，但彼时，我却读了又读。

乡下的生活，不光物资匮乏，书籍更是匮乏之至。有一天，小雨淅沥，队上不出工。我打着雨伞，走路八公里，到县城新华书店，想看看有没有什么可看之书；但寥寥无人的书店里，稀稀落落的书架上，只有几本诸如《金光大道》《艳阳天》《李自成》《大刀记》之类的书。如全国人民都只看几部戏一样，那时，全国人民在书店里，也只能看到这几本书。扫兴而归，我就到生产队长家中坐坐。队长老吴脸相清癯，长

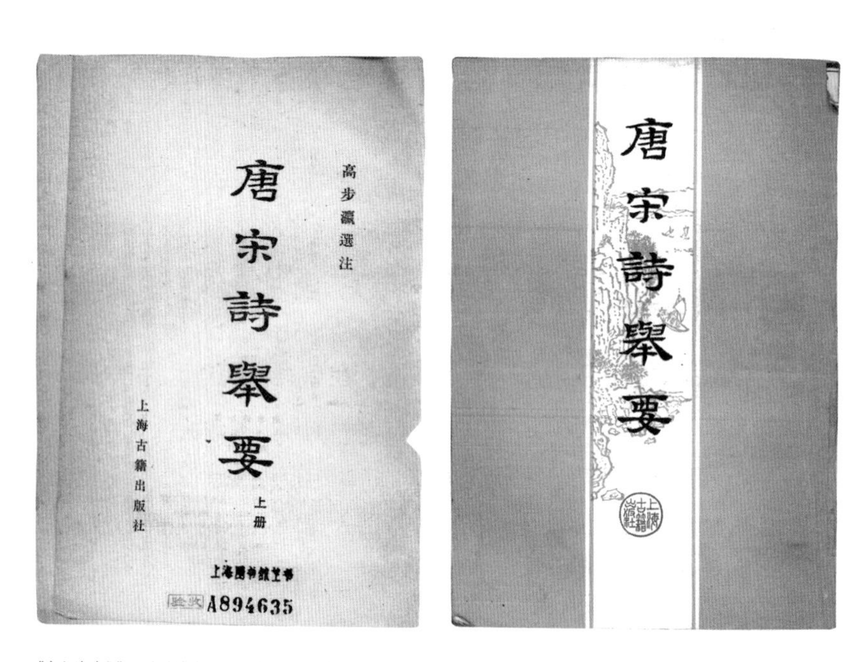

《唐宋诗举要》，高步瀛选注，上海古籍出版社 1978 年版

《再生缘》，秦纪文演出本，薛汕整理，中国曲艺出版社 1981 年版

得有点仙风道骨，在生产队里，他家也算有点文化。他知道我喜欢读书，就把他家里的一些存货搬出来，让我挑挑。我本不抱希望，知道农村家户人家，也都有几本书，大都是《卫生知识》《农历》《赤脚医生手册》等实用书。出于礼节，我翻了翻，突然看到里面有一本半新不旧、厚厚的、1949年前出版的老书《再生缘》，打开一看，是七字一韵的弹词小说，不禁大喜过望，立即借回去慢慢品读。《再生缘》这类弹词小说，经过弹词演员代代整理，后来出版成书后，成了一种特殊的韵文体长篇小说。那是我第一次读到古代女诗人的诗体“小说”，兴奋不已。在那个我居住的生产队保管室的土屋里，我一遍又一遍地读着《再生缘》，它让我与古代女作家们隔空对话，寄托了我对古代女作家们的精神想象。

成都在历史上是一个山高皇帝远的盆地。启蒙的星星之火，如果从首都点燃，烧到成都来时，已经慢了半拍。成都也没有那么多高干子弟，可以通过特殊的渠道，搞到内部出版的白皮书、政论书，使有近水楼台之便的人，率先得到精神上的洗礼。我的青年时代，不管旧书烂书，能抓到手上的，就是好书。不拘什么小说、话本、评书、弹词、剧本；从民间找到的书里，很多是1949年前出版的，大多是描写才子佳人的古典作品，或西方18、19世纪的爱情小说。至于现代文学的扫盲，是在我大学毕业之后。

1979年，北岛和芒克在北京创办了《今天》杂志，在当时全国校园中广泛流传。许多先锋文学刊物也如雨后春笋。在成都，四川大学学生创办了《锦江文学》，第一期上，才华横溢的女作家龚巧明发表了新小说《静静的桦树林》，轰动一时。这一切我均不知，我看到现代文学作品时，已是工作一年多之后。

70年代末至80年代初，我在成都电讯工程学院（成都电子科技大学）上学。除了读艰深乏味的专业课程，晚自习时，我仍不思悔改地读文学书。此时，“文革”结束，社会全面开放。班主任除了斜眼相加，责备几句“不务正业”的话，倒也不太过问。

大约1980年，各大出版社开始竞相再版世界名著。当年，我们偷偷阅读的，或有头无尾，或有尾无头，或只剩半截、很少完整读过的名著，现在，终于冠冕堂皇地进入新华书店。至今我还记得：那个年代的人，被“书荒”饿了十年之久，一朝开禁，如同饕餮。当从报上知道，他们神往已久的“禁书”、名著，重新上市时，许多人请假来买书。在我就读的成都电讯工程学院旁边，是沙河的新华书店。周六的一大早，新华书店门口，长蛇般蜿蜒地排着长队，几乎看不到尾，我自然也在其列。此时已是隆冬，人们袖着手，哈着气，跺着脚，情绪热烈地等待着。在当下书店纷纷关闭，名著常沦为纸浆的年代，当年那幅排队购书的情景，回忆起来，恍如隔世，让人唏嘘感慨。

看电影记

一、坝坝电影

在一片蒙昧混沌的头脑中，浮上来的第一个电影镜头是：一个小小童子，梳双抓髻，穿小红袄，双挑细眉，小小赤足踩着莲蓬。最重要的是声音，清脆一笑，音如铜铃。那是一个夜风飒飒的时刻，小小钓竿，伶俐身形，和着一轮圆圆的月亮，淡淡的光晕，在天上摇荡、跳跃、穿梭，与星星一起，淡入淡出。

那是我刚刚有一点记忆的童年，对电影的初始印象，就定格在一块小小的幕布上。那是一场坝坝电影，也就是后来说的露天电影。在我的记忆中，那块支在黑暗中的白布，鼓荡起夜风。渔童时而鼓出欢乐；时而鼓出愤怒的脸庞，显得那么大，那么威风。

我的电影记忆，是剪纸、是中国画、是水墨；是《渔童》《人参娃娃》《小蝌蚪找妈妈》；是万籁鸣、万古蟾，是张光宇、严定宇；是与周围完全不一样的世界，另一个星空下的故事。千年人参变成的白胖娃娃，让人喜爱；水墨意境的《小蝌蚪找妈妈》，让齐白石笔下的虾蟹幻化成水墨蝌蚪。我家现在还有一个齐白石画虾的脸盆，只要水倒进脸盆，虾就荡了起来。不知是否这种效果直接启发了动画片作者？上影厂的人后来回忆，为了这部电影，他们做了大量实验，据说此片的水墨动画制作工艺，后来被评为国家发明奖，列为“国家机密”。1981年曾有日本动画人前来讨教，但仍未被解密。有位老影人说：如果当时真有“赶超英美”，那只能是动画了。回忆起来，五六十年代的动画片，最具中国美学意蕴，那真是中国电影（尤其是动画片）的璀璨时期啊，以致现在，只要一看到电视里闪过的熊猫、绵羊、老鼠、猴子等动画身影，我就变成九斤老太，不住地哀叹：一代不如一代，差得远啊。

让我惊为天人，热爱至今的动画片《大闹天宫》，则是另一个记忆。那时我已上小学，每周末跟着我爸去劳动人民文化宫，看一场坝坝电影。

劳动人民文化宫，在提督街上。在清代，“提督”是全省地位最高的武职官员。顾名思义，文化宫原来是提督衙门。1949年后，提都衙门归劳动人民所有，是人民的休闲场所，之所以专程去那儿看电影，因为票价便宜。

进文化宫，一直走，抵拢倒拐，是一个高墙围合的空间，里面可容纳三四百人，挤挤，五百人也可。一个简陋有顶的水泥戏台，上面挂一面银幕。对面，也有一间带顶露台，以放置放映机。观众自带小马扎或小板凳，提前进场，占好位置。

《大闹天宫》在一个夏天上映，文化宫里，满满当当，坐了观众。学校也组织前去影院观看。这是经典，是耳熟能详的故事，是无数个孙悟空版本在人们心中的总和。

电影一开始，就激起阵阵赞叹。美猴王的造型，到今天，也是最经典的：长腿蜂腰，腰围虎皮，鹅黄上衣，翠绿围巾。猴脸，是戏剧和年画，以及一些版画上的悟空脸谱。这个造型，真是雅俗共赏，人人喜欢。在中国，人人都熟悉孙悟空，能做到让所有人都喜爱的悟空形象，可能还得算动画片提供的这个形象。他比戏曲中的美猴王更调皮，更顽皮，也更可爱。比六小龄童创造的1986年版真人美猴王，更为生动、活泼和更具想象力。因为动漫的特性，也更能塑造出原著中，孙悟空上天入地的神话元素。

2012年，北京的百雅轩798艺术中心举办了“张光宇艺术回顾展”。我去看了这个展览，为了儿时的记忆。其中，有大量张光宇为《大闹天宫》所创造的人物设计手稿。从展览中得知：美猴王的造型，更早可以追溯到40年代他创作的漫画《西游漫记》。

张光宇，是被忽略了的中国现代艺术家之一。直至现在，“人人都识孙猴子，无人知晓张光宇”。这也意味着，30年代时，一大批中国艺术家努力探索中西结合的绘画方式，尤其在漫画这个领域，基本上已渐渐湮没了。《人参果》《铁扇公主》《孔雀公主》这样的动画片，再也找不到了。《铁臂阿童木》的导演手冢治虫，因为在40年代看了《铁扇公主》，才弃医学画。可现在年轻人只知阿童木，不知万籁鸣。而中国动画片的前景，也如万籁悲鸣，江河日下，再也没能翻身。

撰此文，正值猴年。大年初一，北京卫视春晚开篇大戏《蟠桃盛宴》播出，其舞台设计、人物造型和配乐，均取自1946年版的《大闹天宫》。美猴王，自然请来了六小龄童；其他如太白金星、四大天王等，也均由明星扮演。威容仪态、筝乐丝竹，仙乐飘飘，仿佛都复刻于动画版，让人瞬间穿越，回到童年。

《大闹天宫》获奖无数，那是中国动画片不世出的黄金年代。可惜，由于冷战原因，其经典价值并未得到世界性的关注。

最后一次去文化宫看坝坝电影，是在初中快毕业时。那时，已经没有多少电影能放映了。大部分“文革”前的电影，都有“毒草”之嫌。虽无明文规定，但却心照不宣。独《刘三姐》，彼时隆重上映。因为这部电影的题材很明确，是反映劳动人民与恶霸地主做斗争的故事。三观正确，主题鲜明。可以说，那可是关于劳动人民题材里，罕见的、有可看性的电影。

阶级斗争的腥风血雨，隐藏在漓江美丽的山水之中：竹筏、倩影、山歌，藤缠树还是树缠藤？阿牛与刘三姐欲说还休的纯朴爱情，把阶级斗争的主题都变成劳动人民真挚感情的背景板。那财主和管家的愚蠢、恶毒、奸计，都那么概念、那么小儿科、那么漫画，不足以让观众激起革命义愤，但却获得了些许喜感和滑稽。与其说《刘三姐》是一部教育片，不如说是一部少见的娱乐片、风光片。在新中国电影史中，真是一朵奇葩！

顺便说一个故事：去年4月，应邀到“白夜”来朗诵的斯洛文尼亚诗人阿历斯·施泰格与他的妻子玛雅，准备前往桂林旅游。那天，玛雅患了重感冒，病了好几天，我以为她会取消此次旅行。谁知，她最终带病去了桂林。回成都后，我们一起在望江公园喝茶。聊天时，我问她：“你选择一定要去桂林旅游，有什么特殊原因吗？”玛雅告诉我，此次来中国，就是为了去桂林。因为上中学时，她看了一部中国电影，萦绕于胸，让她难忘桂林。我问她电影名字，她想不起来了，说：“有一个美丽的女演员，有很好听的歌，还有很漂亮的山。”这下明白了吧，她说的正是《刘三姐》。我很吃惊，但转念一想，也不奇怪，斯洛文尼亚地处东欧，正是当年的社会主义阵营中的一员。他们看中国电影，就如我们看阿尔巴尼亚电影一样普遍。

话说那天，在文化宫看《刘三姐》，还发生了意外一幕。由于电影未映先火，口碑爆棚。票，早早卖完了。但慕名而来

和平电影院
最后的贵族
太阳帝国

和平电影院
30
和平电影院

的人不甘心，先是多人徘徊在露天影院的围墙外；继而，有人就跃上墙头，坐在墙头看；最后，越来越多的人，有样学样，翻进墙内，引起骚乱。电影没能放完，因为舞台上的银幕，不知何故，也被扯了半边下来。刘三姐的脸，一半映在幕布上，一半映在白墙上。院方也许怕出事，所以停止放映。

再后来，“文革”开始，文化宫停止了所有的对外放映活动。

二、电影院

成都最早的电影院，据称1904年就有了。当时，川人称电影为“美国活动电戏”。据称“万氏三兄弟”在成都开了第一家影院，遂成顶级时尚盛事，带动了成都周边消费。有当时的方言段子为证：“上呱子成都，看呱子电火戏，日呱亮堂堂的，锣鼓都没有打，就吆呱台了。”吆台，成都话“结束”之意，就是美国“电火戏”后面必备的“End”之意。其时，川人还难以接受“戏”里没有锣鼓，没有唱腔。这段方言，是华阳口音。如今华阳已有“戛纳”院线，当年，却要上“成都省”，去看电影。成都当年东南西北都有影院，且生意火爆。如今，那些老的电影院大都在改革开放中被拆迁大潮淘汰殆尽了。此处，单表一下硕果仅存的和平电影院，它也是我童年时，光顾最多的影院。

和平电影院，在灶君庙街和草市街的交叉口上，离我住的鼓楼北三街只有两条街的距离。我的发小曲春华，就住在灶君庙街。所以，那里也是我常来常往之地。

和平电影院坐南朝北，右边前行几步，便是珠市街。附近不远，是正通顺街，当年的巴金故居，就在这条街上。往西走几百米，就是现在香火最旺的文殊院。往南走上两条街，就是红庙子。那里是后来中国民间股市的发源地，也是我的小学所在地。少年时，我的基本活动半径，就在这几条街上。

从小学三年级起，我就在和平电影院看电影。其时，并无更多电影可看。“文革”伊始，学校组织去看纪录片：一片绿海洋中，漂浮着星星点点的红色，狂热发癫的面孔上，几行珠泪。少先队员，双脚跳跃，挥舞彩带。西哈努克亲王是当时的大明星，他总是胸佩花环；其夫人高髻明眸，唇点朱染，是银幕唯一可看之美女。虽然，私下里，我和同学们或疑惑或羡慕或质疑她胸前的大粒白莹珍珠项链。毕竟，当年批斗王光美，以一串乒乓球珠串为明喻，批判其“资产阶级打扮”，不正是她随刘少奇访问印尼时，也挂着一串珍珠项链吗？其真其假，另说。总之，银幕上，珠光宝气，唯此一人。私下里，又有议论：听说亲王被我们包养了，看起来，他不比我们更有钱吗？在当时，这样的想法，只能与电影院隔壁灶君庙街上的发小耳语几句。

时值1967年，“停课闹革命”，让我和同学们一下自由得不知所措。家长们，忙于“闹革命”或“被革命”；高中生和大学生们，忙于“大串联”或“小串联”。我们这些小学生、初中生们，就成了游手好闲之辈。除了跳皮筋，玩游戏，学跳舞，沿街看大字报、小字报，剩下的，就是混电影院了。

那时的电影院，一个大厅能装上千人，像礼堂一样。而单位礼堂，根据革命需要，有时也放电影。和平电影院，建于1955年，亦即“文革”期间才只有“十几岁”，正是神采奕奕，英姿勃发之际，其地处北门，甫一开业，就成了北门最具人气的地方。改革开放之后，和平电影院带动了周边经济。细想起来，毕竟因为老和平电影院门口有一大块空地，影院比整条街整整退去50米，形成一个风水上所说的“回水湾”。自从写了《随黄公望游富春山》一诗，我对风水略知一二（知之晚矣，没能用在“新白夜”选址上）。所以，以我目前的风水知识往回看，当年，和平电影院门前的“回水湾”小广场，聚了人气，纳了风气。除“文革”期间聚了人气（在此啸聚了一众游手好闲之辈：古称“风流班头”，今叫“小流氓”的二流子）外，改革开放后，这一小块风水宝地上，又啸聚了一众小商小贩的摊位，且就此带动了左右两边草市街、珠市街的服装店铺。上述两大群人，他们互为主顾，互利互惠。影迷和时尚潮人，视这里为时尚风向标。在奢侈品概念尚未形成之时，这里形成了“服装一条街”。过去，为骡马服务，现在，为人类妆点。从物质到精神，产生了质的飞跃。及至后来，我已许久不去那儿看电影，这条街已被称为“小香港”。因而，和平电影院没有被淘汰、被拆迁，反而与时俱进，成了这一带的“活文物”。

60年代的和平电影院，门前，计有四五级水泥台阶。上午9点以后，下午6点以前，台阶上，总是上上下下、七七八八地站了许多人。回水湾中，也荡漾着一色灰黄绿蓝的点状物。他们，“熙熙而来”，不是为利；“攘攘而去”，并非为财。“财”“利”二者，在当时都是不可能的。熙熙攘攘的这批人，是“文革”中被称为“逍遥派”的一部分人，亦即“中间派”，是很消极的一批人。停课、停产之后，百无聊赖的他们，啸聚在这块风水宝地上：打望眼，说怪话，嗑瓜子，砸秋波，跟在女孩子背后，叫她的名字，胆大的冲上去，扯一下她的长辫子。不是流氓，胜似流氓。说起来，电影院正如现在的三里屯、春熙路，各色人等在这里逡巡。那时，电影票只需两毛钱，便宜。没有娱乐消遣的人们，只能望“影”止渴。此渴，乃文化生活之渴。

虽然，这时的电影已沦为宣传工具，但人们还是能从中提取一些娱乐成分。我记得上映《列宁在一九一八》时，场场爆满，男人们可不是为了去看瓦西里，看他怎样为革命工作，虽然人人都牢记那句名言：“面包会有的，牛奶也会有的。”每每，瓦西里还没张口，影院的人就齐声念出来了。许多年后，我看意大利的《天堂电影院》时，也看到了这一幕：观众与演员，银幕上下，齐诵台词。真正的互动，真正的动人，这是只在电影原始阶段和贫瘠年代才会有的情况。

山电影院

和平电影院
5 排 31
和平电影院
5 排 29

和平电影院售票处
售 票 处

话说回来，当时有许多人，是为了电影中芭蕾舞的一幕，而不厌其烦，反复去电影院的。那时的银幕，可没有机会看到年轻女性露大腿，虽然只有两分钟，也足以让人遐想。苏联红色电影与中国当时的电影不同，即使是宣传片，也会尽量往艺术上靠一靠。也许，这是因为他们有斯坦尼表演体系，且该体系深入人心，在银幕上才有刺杀列宁的密谋与四小天鹅的舞步互相映衬，营造出“阴谋与爱情”的看点。中国的红色电影始终没弄懂这个体系。因此，“文革”中后期拍摄的那些英雄大片，除了喊口号，似乎都不食人间烟火。也许，因为中国只有“梅兰芳体系”。“梅兰芳体系”与“斯坦尼体系”和“布莱希特体系”，被某些人并称三大表演体系。不错，梅氏体系放在京剧舞台上，端的是自成一家，惊艳世界。但是，在银幕大特写下，那种程式化的夸张表演造成了喜剧效果。演员并未“间离”，观众早已出戏。

和平电影院与其他电影院一样，“文革”期间，只有八个样板戏，以及少数来自社会主义阵营的革命电影，轮番上映。每天五六场，每场次上千人，实难满足观众需求。所以，每部新电影上映，必有蜿蜒队列等候。有时，无人维持秩序，便会造成售票窗口拥挤混乱，流氓趁机浑水摸鱼。此情此景，我在一篇文章中写到过，此处不再赘述。

好不容易，排队买到票，进入电影院，则是一段自由时光。影院容纳上千人，座位几十排。开演之前，照例是人声嘈杂，瓜子侍候（那时没有爆米花，也没有全球化，不知文明看电影的重要性）。三亲四戚，狐朋狗友，满场子打招呼，递纸烟，吐唾沫，瞅美女。后者的难度比现在大，很多时候，远看，是看不出性别的。电影演出中，自然也有前述的集体背台词、喊口号之举。往往兴浓之处，“送片未到”四个字，在银幕上出现，于是一片嘘声，全场灯亮，哈欠连天。上厕所的，买小吃的，新一轮嘈杂声再起。最近，我听朋友刘家琨说到去印度时看电影的奇遇：印度影院，也是上千人的大厅，也是瓜子满地。现场喝彩的、评论的声音，居高不下。

细想一下，西方式娱乐，蕴含着精神内容。所以看歌剧，看电影，看戏剧，都是西装革履，正襟危坐。而东方式娱乐，带有享乐性质，自然与吃喝玩乐连在一起，属于物质层面。如同京剧，最初在茶馆表演，掺杂递水卖小吃的，与锣鼓铿锵，混杂一起，组成京剧交响乐。“文革”电影本身，已被提升至精神重塑的最高度，再没有放映期间的一些娱乐元素，就更无聊了。

和平电影院最火爆的一次，是首映电影《红色娘子军》。不是芭蕾舞剧版，是电影版，著名导演谢晋的版本。主角王心刚与女演员王晓棠，是当时的“天皇巨星”。诚然，那时这四个字，闻所未闻。但在电影匮乏的年代，反复出现在银幕上的“二王”，家喻户晓。“男看王心刚，女看王晓棠”。最受欢迎的电影，就是《野火春风斗古城》《红色娘子军》。金环、银环、洪常青、杨晓冬的形象，豪杰铮铮，深入人心。洪常青被缚大榕树下，杨晓冬慷慨就义，惹动了多少女影迷的爱怜。现场一把鼻涕一把泪的有之，从此暗恋铭心的有之，终生供奉其倩影小照的，更有之。

我有一位朋友，便是这种人，她的芳名，不敢示人，怕被嗔骂。但她追星的事迹，却是她自己亲自宣讲，若干人可以作证。据她说，她心心念念洪常青饰演者王心刚，以至于人戏不分。多年后，她成了著名媒体人，曾以采访为名打扰过老艺术家。据她回忆，当她千辛万苦找到偶像的电话号码后，鼓起平生勇气，打过去，电话线那一端，偶像“喂”了一声，顿时空气凝固、冰雪消融，最初的一腔勇气化为冷水。半晌后，她才结结巴巴谈及采访目的。老艺术家，果然是老艺术家，并不爱沽名钓誉，当场拒绝了粉丝的好意。当然，她没有说自己是铁杆粉丝。据她说，这是她至此之后，一直后悔之事。

不过，能与偶像通话，亲耳听到他的声音，也是一种福分。我却只有另一种缘分：豆蔻之年，我也曾着迷崇拜一位银幕帅哥。可惜的是，整个“文革”期间，他都是一位人们不敢提及的“黑线人物”。那是在文化宫看坝坝电影《羊城暗哨》时，我知道了（听表哥说的）峨眉电影厂演员冯喆。电影里，他身穿绸衫，白衣翩翩，如玉树临风，事实上，身份却是一位公安。50年代的谍战片，捧红了冯喆，也害死了冯喆。可笑的是，他死时的罪名之一，是“特嫌分子”。现在的年轻人，

《红色娘子军》海报，上海电影博物馆供图

《羊城暗哨》海报，上海电影博物馆供图

一定不知“特嫌”何意。“特嫌”，就是“特务嫌疑分子”。冯喆在电影《南征北战》里，饰演高排长，《羊城暗哨》《渡江侦察记》里饰侦察兵，《沙漠追匪记》里饰解放军。一众的英雄人物，一色的铁血豪情。放在今天，那便是万众偶像，粉丝无数。可惜，生不逢时，虽一笔难写两个“吉”，却一生难逃另一劫。有人说他死因可疑，有人恨他老婆告密。这一切，当时我都不知。只是在我十四岁那年，住在姨妈家，一天，与表哥出门，踱至隔壁的八宝街电影院，正碰见影院门口开批斗会。我正是在这种凄惨的情况下，Face to Face，看见了银幕上的偶像。不用说，风流倜傥已被雨打风吹去。偶像（那时连这个词都没有，只朦胧觉得是一个自己喜欢的人）衣冠不整，面如菜色，低头俯首，任人唾弃；被逼戴着电影里侯朝宗的官帽，手里拿着一把“桃花扇”。我还清楚地记得：扇面上，一面画几株红桃，另一面，画一条黑蛇。当然，那就是暗示“黑线人物”的标志。我没有朋友的福气，自然听不到他的声音，听到的只是一片熟悉刺耳的声音：“打倒……打倒……”围观者中，也有部分思想觉悟不高的，正低低议论，仿佛替我，也是替他们自己的偶像不平。当然，只敢低低同情两句。

事隔不久，消息传来，冯喆“畏罪”自杀了。那时，《桃花扇》并未上映，直至“文革”结束，才解禁了《桃花扇》等一大批影片。

八宝街一幕，给我留下至深的印象。多年后，我参观了安仁县（冯喆死于此地），在建川博物馆里，有一个小小的冯喆展馆。曾经，我和建筑师朋友余加，一再怂恿樊建川馆长，修一个正式的冯喆纪念馆，但由于其家属的原因，未果。冯喆最后一部电影《桃花扇》，可视为他的谶作。当年的原始剧本中，曾有“一霎时忠魂不见，寒食何人知墓田”之句。现在，不但墓田，连其人，也无人知晓了。

在重新参观了当年偶像的英姿之后，重新回忆起当年的八宝街电影院，重新反刍那揪心的一幕之后，我写了一首诗《哀书生》，最后一段是这样的：

活在1969年　俯首的是书生　是猖狂
你不再是壁上图　书上影　剧中人
你仅仅是一个牛鬼蛇神　万人唾弃
桃花扇底魂归西

这首诗以“书生”为喻，特指“文革”中被迫害的一代知识分子。副标题：《因绝调词哀书生以忆冯喆》，正是以“绝调”一词来纪念冯喆，和与他同时代的影人。那是中国电影界群星璀璨的年代，他们是“以天人之姿，蕴不世之才”的最后一代电影艺术家。现在，已不复存在这样的人。正如西班牙诗人洛尔迦的诗句所言，“我们将等待好久，才能产生，如果能产生的话”……我们才能等到——某个时代，能产生出这样一批杰出的影人。

《海魂》海报，上海电影博物馆供图

《小街》海报，上海电影博物馆供图

三、内参电影

1976年，我上山下乡后，回到成都。

一天，我哥很神秘地把我叫到一边，说："我搞到了一张《解放》。你去看吧，我们都看过了。"我一听，高兴坏了。苏联电影《解放》是一部传说中的电影。据说，片长八小时，看过的人，都被深深震撼了直把中国战争片《地道战》《地雷战》视如粪土。但《解放》尚属内参片（内部参考电影），并未公映。先是高层人士观摩，然后是各军区内部放映，最后，才在社会上次第"点映"。忘了说一点，我们家是一个观影世家，用母亲的话讲：全家都是电影学院"观众系"毕业的。个个都是超级影迷。在那个年代，超级影迷还轮不上追星，只能追票。也就是说，全家，连父母在内，都削尖脑袋，各钻门路，到处去搞一些内部电影的票。这部《解放》，全家都看过了，只有我在乡下，没有眼福。这次，《解放》在锦江大礼堂上映。

有必要先介绍一下该礼堂。锦江大礼堂建于60年代，外观模仿人民大会堂，只是小了一号。当年由苏联专家指导，万人参与，从学习砌砖头、刨木头开始，最终建成"西南地区最大最壮观建筑"。由此可以知道，该礼堂平时均用于开大会、为外宾演出、地区观摩演出，很少放映电影，足见《解放》的放映是件大事。虽内部，亦壮观。否则，难以装下那么多求"贤"若渴之士。此渴，乃文化生活之渴。

话说，锦江大礼堂那两天是昼夜不停，从早到晚，流水放映《解放》。我拿到的票是夜间场，晚上9点开映，凌晨5点结束。与下乡时“双抢”（抢种，抢收）三天三夜不睡觉相比，熬一个通宵不算什么，能淋漓尽致地看一场盼望已久的电影犹如过节，美哉快哉！

那天，吃完晚饭，优哉游哉，我踱至锦江大礼堂。8点刚过，大礼堂门外，已聚集许多观众，酷似人民大会堂的七八级台阶上，站满各色人等，均是那个年代的“文艺青年”或潮流人士。“文革”时期是新中国严律禁欲之时，男女虽不至“授受不亲”，却也绝肌肤之亲。诸如勾肩搭背、三步四步、当面搭讪、背后调笑这些举动，都有可能导致“流氓罪”。所以，青年子弟、少男少女、正经人士，最保险的莫过于在某些跟“娱乐”稍沾点边的场合（电影院是唯一与之相近的地方），打一个望眼，送一个秋波，饱一会儿眼福，梦一下巫山，便已心花怒放了！

于是，那台阶上，男人与女人一色，眼波和口哨齐飞。“操哥”和“操妹”很少在这种场合出现，这里，大部分人是大院或军队子弟，犹如王朔最爱描写的那些京城名少，不过在这里，他们变身为外省机关子弟。这类男男女女之间的小把戏，就像“授受不亲”的年代，在限制中，才有性的张力和吸引。通常，像古时游春一样，男孩们站在高处，鹰觑鹘望；女孩们埋头走过，佯作恼怒，有些两颊绯红，有些“吃吃”笑着，走进电影院。

前戏有几分浪漫，正片就残酷了。许多人没料到八个小时的夜场，如此煎熬；我便如此，没有准备干粮。《解放》名不虚传：关于二战最后解放时刻的战争史诗片，其真实性让国产片汗颜，其艺术性也使之汗颜。电影像一部编年史，背景广阔、人物复杂。时间跨度很大，对历史人物，没有像中国电影那样脸谱化。我看得非常投入，毕竟那个年代，能看到一部好电影的机会不多。但是，伴随着苏联红军挺进东欧，战事越来越明朗，但也越来越残酷。这时，几个小时的紧张兴奋，晚饭的痨肠寡肚，使我肚子咕咕叫得厉害，口水咽了又咽。想想，深更半夜，也无食可觅，只得后悔没随身带两个馒头。银幕上，数百辆苏式、德式坦克，像波浪一样涌来涌去；黑暗中，各种干粮、饼干进嘴的声音也响来响去，更刺激得我饥肠辘辘。直至苏军攻克柏林，胜利进入主城区。记得看到苏军进入那些德国人殷实富足的家庭，享用那些“好吃好喝”时，肚子一发饿，口一发干，眼一发花，低血糖症状齐犯。幸亏那时年轻身体好。在苏军的欢呼雷动声中，漱津吞液、咬牙切齿、忍饥耐寒（饿致寒），一如银幕上那些在战争废墟中逡巡，寻找食物的德国人。电影结尾，银幕上出现整个二战期间欧洲各国的死亡数据。别国已不记得，苏联死亡人数2700万的数字，犹如铁钉，钉在翻幕上，也钉在心上。一霎时，只叫得一声“惭愧”，想想自己，仅只熬了一夜，少了一顿夜宵，与银幕上的满目疮痍、废墟林立相比，与那些九死一生、骨瘦如柴的人相比，真是不值一提。当“剧终”两个大字出现在银幕上时，身体和精神上的紧张、疲惫、倦怠，一并松了下来，犹如一场战争的洗礼。八小时的流电奔雷，千万里的江山收复，全在数尺见方的幕布上，让人体验了世界风云变幻。

灯亮处，只是几盏昏黄吊灯，照在一众面如菜色的观众脸上。有哭的，有笑的，有沉浸在历史长河中未出来的；一夜倏忽，如度一世。想起唐传奇中的“南柯太守”一梦中，最后四句话：“贵极禄位，权倾国都，达人视此，蚁聚何殊。”第三帝国的灭亡，也就在一夜之间、八尺方丈中，如蚁巢倾溃。

那之后，我再也没有过花一夜工夫去看一部电影的激情和冲动。

《解放》上映时间，是1975到1976年。那时，正是译制片缓慢解禁之时。其时，我正下乡新都，无缘看到更多的内参电影。在那时，通过各种渠道（其时，也有不少“黄牛”借机狠捞一把），我的朋友、我哥我姐看了不少的内参电影。其中，大部分是战争片，如《山本五十六》《中途岛之战》《虎！虎！虎！》等，我只是从他们口中听到这些如雷贯耳的片名，及至见到本尊，差不多都是80年代初了。

四、阵营电影

红色电影，是社会主义阵营特产。如按类型片分类，可以归为一大类，有好有坏，基本也可按今日“烂番茄”评分标准划分。苏联和东欧社会主义阵营，算一大类。也许，因为受斯坦尼体系影响，在宣传意识形态的同时，追求生活化，也略用“艺术”色彩、电影语言点染、包装；再加上异国情调，距离感。“文革”中，红色电影尚属可看之列。

关于阵营电影，当年有段子总结为证：“越南电影飞机大炮，朝鲜电影又哭又笑，罗马尼亚电影搂搂抱抱，阿尔巴尼亚电影莫名其妙。”

回看我国红色电影，也可总结为“中国电影，宣传口号”。

阵营电影中，影响最大的，是南斯拉夫电影。《瓦尔特保卫萨拉热窝》是男孩最爱。我弟弟，就看过不下二十遍。《桥》的主题曲《啊，朋友再见》，在国内盛行几十年而不衰，恐怕是作曲家都未想到的。比起国产片《地道战》《地雷战》，南斯拉夫电影的意识形态表述，没有那么严重，反而具备了更多今天大片中的一些商业元素，如：巧妙的情节设计、丰满的人物、充实的细节。其演员的表演和魅力，在没有商业片的年代，充当了偶像的角色。所以，东欧的反法西斯电影满足了几亿人的观影需求。大街小巷，流行着那些著名台词：“空气在颤抖，仿佛天空在燃烧。”瓦尔特的扮演者巴塔，以他坚毅的性格和硬汉的外表，深入人心。男孩们都学习他的做派和声音，见面的问候语是：“消灭法西斯，自由属于人民！”巴塔若干年后，来到中国。他完全想象不到，他在中国有如此盛名。后来，巴塔竞选塞尔维亚总统失败，曾揶揄说，只有中国观众投票，他才可能当选。

除了南斯拉夫电影，受欢迎的，还有阿尔巴尼亚电影。《宁死不屈》是我最喜欢的电影。主角米拉是一位中学生，后成长为宁死不屈的游击队员。因为这部电影，“阿尔巴尼亚姑娘”风靡中国，成了“美丽”的代名词。米拉的外形，在中国“铁姑娘”盛行之时，一改“女革命者”的钢铁形象：苗条腰肢，也可以坚强有力；明眸红唇，也不碍宁死不屈。于是，男孩们暗恋米拉，女孩们崇拜米拉。更有甚者，但凡女孩有两根长辫，几缕鬈发，深目挺鼻，就会被冠以“米拉”之名。一经冠名，女孩们直如选美封后，且以“革命”的名义，名正言顺。我的发小曲春华，身材苗条，长发及腰，鼻若悬胆，剑眉英挺，称“校花”要被批判，叫“米拉”无可争议。小春是学校的“米拉”，年级里，还有一位“米拉”。年级的这位“米拉”能歌善舞，体态妖娆，爱唱“黄歌”（其实也都是些苏联爱情歌曲），一向被工宣队视为“眼中钉”“操妹儿”。一经冠名，她也有了几分革命者的味道。班里又有另一位：为区分前两人，遂冠以“小米拉”。她也长得鼻若悬胆，长眉细目，关键是她留有两根又黑又粗的长辫。

及至走出校园，走上社会，更是有大大小小不计其数的“米拉”。“米拉”像一个标签，贴在那些长得不那么汉族的女孩身上。我那时留着短发，与“米拉”相去甚远。一天，院子里

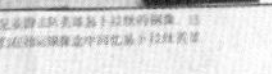

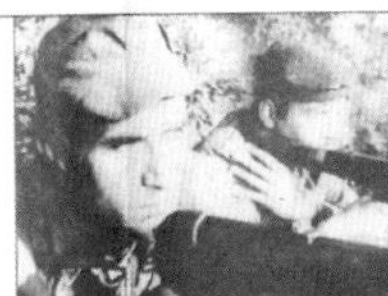

《第八个是铜像》海报

一位阿姨仔细端详了我两眼，说："你长得很像阿尔巴尼亚姑娘。"此语，让我喜滋滋了好几天。《宁死不屈》，可算我们那个年代的青春片，主题歌《赶快上山吧，勇士们》，优美动听，传诵一时。这首歌常被改为女声小合唱，成了很多"宣传队"的保留节目。

另一部阿尔巴尼亚电影，《第八个是铜像》，频繁使用了现在电影里见惯不惊的"闪回"，使习惯于直线思维的中国观众，多看不懂。因而造就了段子："阿尔巴尼亚电影，莫名其妙。"

"罗马尼亚电影，搂搂抱抱"，特指《多瑙河之波》。这部反法西斯电影，在中国放映时，几乎被保守的中国观众当成"三级片"。主人公船长与新婚妻子在银幕上的惊世一吻，是新中国的银幕第一吻（据说）。有多少影院领导，多少坝坝电影放映员，此时挺身而出，遮挡镜头？已不可考。但是，那句经典台词"我要把你扔到河里去"，几乎成了街头流氓借用的调戏语。一次，我和闺密程莉结伴走过一条小街，突然蹿出几个大大小小、高高矮矮、胖胖瘦瘦的小混混，用这句经典台词，配上几句粗口，尾随我们走完小巷。想想那时的所谓"小流氓"，也甚为老实。无非就这样，举火焚空，掬水捞月，不着边际，哄笑几声，就算满足了自己的意淫。

"文革"期间，阵营电影中，还有朝鲜电影、越南电影。中学时，放映《卖花姑娘》，犹如一件事先张扬的事件：人人都在议论，这部电影多么好看和悲惨，个个都准备好手绢，翘首以待。及至看电影时，影院内一片哀号，倒不像看电影，简直就是哭丧。我一向泪点奇高，也不易入戏。看电影过程中，一直焦虑着，不能放声痛哭，犹如犯罪，至少是阶级觉悟不高。电影完毕，快快地跑出剧场，以避免与双眼红肿的同学们，形成对照。《卖花姑娘》里的多首歌曲，哀怨动听，缠绵悱恻，一时，也成大街小巷的流行曲。

十年之内，我们能够看到的电影，屈指可数。一代影迷（如果有的话），只能反复出入影院，把某部相对喜欢的电影，看上十几遍，甚至几十遍，直至恶心反胃。我下乡时，县里的电影院放映朝鲜电影《一个护士的故事》。整整一个月，只有此片。我弟弟与我同时在新都下乡。有一次，他告诉我：赶场天，他同老乡们坐拖拉机进城，无事可干，万分无聊，就去了电影院看《一个护士的故事》。看完出来，还是无事可干，想想，又花了五分钱，买票进去看了一遍。就这样，出去进来的，反复看了三遍。因为，他觉得电影里的歌太好听。

就是这样：在文化生活异常贫乏、现实生活迷茫无望的年代，只有这些被反复咀嚼、试图从中咀嚼出些许汁液来的红色电影，陪伴我们。整整一代人，如此这般地，度过了那些少小时光、艰难岁月、青春年华。

观影进化史

1979年，成都东郊沙河，电讯工程学院，5系。

那一年，我在这里读书。专业是激光技术。

5系是光电技术系，在当时，从这个领域来讲，学校硬件的技术含量，在全国也是极高的。那时，我们已经在教学中使用录像设备了。某一天，系里贴出通知，“5系的大教研室，晚上放映香港电影”。香港电影，以前是敌对阵营的电影。现在，居然可以在学校里看到，我觉得无比激动。

1979年，香港电影还是禁忌，我们从小到大，看的都是新中国成立之后的红色电影。除此之外，所谓世界电影史，对我们完全是一片空白。而且，当时的香港，是被视为西方资本主义的前哨，是敌特分子潜入内地的前沿阵地。谁家有香港亲戚，就意味着谁家有香港特务、有通敌之嫌。1976年之后，形势虽略有改变，但对香港的意识形态方面，仍未有改观。

两年前，我居住的大院里，有位阿姨，她的亲戚从香港带回来十几本电影杂志，我还记得叫《南国电影》，是香港邵氏电影公司出版的。每期介绍香港的最新电影动态和影讯，以及香港影星的大照片。当然，里面也少不了有女明星们穿各种露脐装、三点式的剧照。这种电影期刊，在今天已经熟视无睹。但在70年代，我们闻所未闻、见更未见，一下就被吸引住了，这十几本电影期刊，在我们院子里的小朋友中，偷偷地传来传去，大家都震惊不已。因为这些电影与我们看过的完全不一样。由于只能看图片，看不到电影。想象中，就更为神秘。我只记得那些杂志中，最多的是武侠片。

武侠片这样的类型片，最早是在内地产生的。《火烧红莲寺》，就是内地最早拍的武侠片。而这本杂志中，也介绍了邵氏出品的新版《火烧红莲寺》。

在5系的阶梯大教室里，共有十几个8寸的监视器（现在的年轻人难以想象）。这是平时用于教学的设备。隔天下午，在8寸的小屏幕上，挤在同学身边，十几个脑袋凑在一起，我生平第一次看了录像电影。我清楚记得那部香港电影的名字，叫作《云海玉弓缘》，是香港武侠作家梁羽生的代表作。（当年，这部电影也成为香港最轰动的武侠电影代表作。）几年以后，我终于读到了梁羽生的原作。而当时，我是第一次接触武侠电影，女主角在吕四娘墓前练剑那一幕，我看得心旷神怡。《云海玉弓缘》的电影情节，也与我们长期看的国内故事片不一样，人物关系复杂纠缠，故事情节跌宕起伏。各个方面，都与我们曾经看到的电影如此不同，时间和空间都如此超现实，这使我从此爱上了武侠片。

1981年，成都南郊，西南技术物理研究所。

我毕业后在这里工作，我所在的教育科负责“电大”。“电大”是“文革”刚结束、恢复高考之后的一个特殊产物，现在美其名曰“远程教育”。当年，却是为耽误了十年之久的学子们准备的一个备胎。因为，并不是十年中所有荒废了学业的年轻人都能赶上高考列车。

西物所，几乎是当年成都最好的、技术最先进的科技单位。在80年代初，它领先别的单位，有了技术最好的录像设备。这套相当好的录像设备，是为西物所的电大学生准备的。有一阵，不记得我们从什么地方，找到了许多录像电影片。有一部分是翻录的，从广州或深圳流传而来。社会正缓慢苏醒，解冻。社会上，洋溢着一种对围城之外的新鲜事物，对“文革”所禁锢的一切，对代表解禁的各种事情的渴望，渴望“文革”中被禁锢的所有文化形式。

记忆中，最早流入内地的录像电影，主要是港台电影。港版电影以武侠片为主；台版电影，则以琼瑶小说改编的言情电影为主。“二林二秦”，即林青霞、林凤娇，秦汉、秦祥林，是当时红遍港台和沿海地带的著名影星。我看的第一部言情电影，是《彩云飞》。这也是在大陆放映的第一部台湾电影，里面的主题曲，因此红透大江南北。女主角甄珍和男主角邓光荣，是当年除了“二林二秦”之外，风靡大陆的荧屏偶像。几乎同时上映的，还有《白屋之恋》，也是他们二人主演。港台电影中，男主角留鬓角，蓄长发，穿阔腿裤的时髦形象，一时间风靡大陆，造就了一批“小流氓”（因为社会落后于时尚，大部分人仍停留在“文革”灰黄蓝的刻板外形中，对如此打扮的年轻人，视如洪水猛兽）。那时，电影院虽已逐步解禁，但主要放映“文革”前的禁片，尚未引进国外或港台电影。

物理所三楼，有一个大空间，就是当时的“电大”教室，里面有在当时已算大屏幕的监视器，和整套高级录像设备。记得为了科室创收，有一段时间，“电大”的监视器白天教学，晚上却用来放录像，对外收费。西物所机关后勤部门此时已渐渐开放，常常有人前往深圳、广州出差，也常常带回一些在深圳、广州已流行的录像带；或通过各种手段，他们去搜集复制的港台电影。一到周末，我们就为本所职工放映录像，提供娱乐。近水楼台，我也为自己的亲友提供方便。一有好电影，我就赶快通知朋友或姐弟。那时，没有电话，我常骑着自行车，像一个“神行太保”似的，从东城跑到西城，去通知闺密或家人，来蹭录像看。而亲友也不辞辛劳，骑车至当时被视为在“城外”的西物所（其实就是现在的一环路边），来看一场录像版“港台电影”，没人怕累。

1988年，成都西郊，抚琴东南路。

二环路刚修通，我搬至二环路边上，一间小小的套二房子。

家里除了家具，就是添置了一台电视机和录像机。在抚琴东南路，这台录像机给我带来了无数的快乐时光。1988年，随着这台录像机的添置，我的观影经验，从港台电影开始向西方电影靠近。但是，那几乎是一个特殊的观影经验。正如“文革”时期，我们拼命寻找禁书一样，现在，我们拼命寻找禁片。禁片既包含西方电影，也包含一部分含有情色内容的艺术片，当时被官方统称为三级片。与读书一样，我们也只能碰上什么电影，就看什么电影，没有电影史作为依据。

那时能看到的西方电影，都是从香港、广州、深圳流传进内地的，没有翻译，只有外语。许多时候，我们都是硬着头皮“硬看”；也就是说，只看画面，揣测内容，脑补台词。似懂非懂，不懂也无所谓，最重要的部分是懂的。比如电影语言、风格、故事框架、电影美学都能捕捉到。

1988年，我在16寸的电视上，看完了《美国往事》。那是已经转录过无数次的带子，画面上充满了跳动的格子。画面颤动着，有时主角的面部也颤动得像得了帕金森病。

即便如此，我们也不嫌。这样说是因为如果找到一部好电影，我会通知几个朋友，他们下班后，就会到我的家里。我做好饭菜招待朋友，然后，我们就坐在客厅的地毯上，大家一起欣赏，评论电影。

《美国往事》那时是我最喜欢的电影。虽然当时一句英文也不懂，但硬着头皮往下看，似懂非懂，多看两遍，也就懂了。罗伯特·德尼罗也成了我那段时期的荧屏偶像。经由《美国往事》，我后来又看了录像版《西部往事》《革命往事》。那时，我们脑子里没有电影史的概念，也从来没有想过“往事三部曲”之间的联系。过了很多年，才知道这三部曲的导演，不是美国人，而是意大利著名导演塞尔吉奥·莱昂内。

几年后，去了美国，我才真正感觉到《美国往事》描述的，并不是真正的美国，而是莱昂内想象的美国。正确说法应该是描述了纽约“小意大利”区的移民犯罪史。

2006年，我再度去纽约时，曾坐在“小意大利”区的一家著名咖啡馆里，写了一首描述纽约生活的诗。那家咖啡馆，听说早年就是意大利帮派中人开的。坐在那里，依然能够感觉“美国往事”的气氛，有个清癯面相的老头在看报，有个肥硕的壮汉，背靠在墙上打电话，还有穿着暴露的年轻女孩喝咖啡。很难说，“面条”会不会从门外走进，气氛只差当年令我销魂的呜咽式的排箫声。

拔枪，枪响，有人倒下，音乐起……

看《西部往事》这部录像时，正是1989之后。人生迷惘、现状空虚，唯一拥有的就是时间。我既不怕前面冗长的演职员表，更不怕一滴一滴地从屋檐落向帽檐的滴水声。万里狂沙，悠悠口琴，有人觉得节奏太慢，昏昏欲睡；有人觉得惊艳无比，摄魂夺魄，我就是后者。候车室里，百无聊赖的时空掩藏下的紧张不安感，与当时我们身处的现实一样。现实中，让我观影的斗室，也如电影中那个车站一样，空旷、凋敝、危机四伏。倏忽的口哨声，冷峭又带着嘲弄感。一间酒吧、一个车站的对峙，充满了仪式感。《西部往事》塑造出一个怪诞奇特的世界，可与黑泽明的武士片和胡金铨的武侠片，形成互文世界。

莱昂内被归为类型片导演，但他极其个人化的风格，与那些有创新精神的艺术电影导演一样，意义重大。在影迷眼中，他是无冕之王。事实上，录像版的“往事三部曲”，削弱了莱昂内西部片的层次。后来在蓝光版中，我重新领略了莱昂内电影中广袤的地势和华丽的视觉风格。

1988—1990年，我在抚琴东南路的宿舍里，完成了西方电影史的初级课程。那时的录像机，是黑白画面。这是长长的一段无字幕、无翻译、多次翻录、画质粗糙（用朋友的话说就是：脸和屁股都分不清楚）的观影时期。伴随着这一观影经验的，是我自己的写作。同样在这间宿舍里，我完成了一系列组诗和中等规模的诗作。很难说那些诗作中，有画面感的部分，不是来自我热爱的电影。

1990年，我去了纽约，观影事业并未停止。这是与我的写作一样重要的仪式：无论走到哪里，我都需要一方荧屏。在美国，更是需要。

在纽约，不同的是，有许多光明正大的录像店，里面有全美国数不胜数的电影，可供挑选。

在纽约皇后区，与在抚琴东南路一样，我们在家里添置了录像机和电视机，也添置了一帮共同观影的朋友，交换录像带，交换观影心得。时空变了，有些习惯，却如此难以改变。有朋友指责我英文没学好，就是因为把大量的时间，用在看电影上了。的确，我没有像当时所有出国的中国人一样，先学英文，再进入美国生活方式；而是又一次坠入人生迷惘、现状空虚的状态中，靠看电影来缓解内心焦虑。

90年代初的纽约，大陆出去的中国人还不太多，华人圈也较小，并没有多少国产影片可看。但是我们思乡心切，仍是在一些社区图书馆，借回来一些录像带。1987年版的《红楼梦》电视剧，就是在纽约看完的，也是我平生第一次看长篇电视剧。

与国内不同的观影遭遇有两次。

某天出门，没拉上窗帘，结果回家后，发现已被当地小偷洗劫一空。这里解释一句，我们住在纽约皇后区，当时算是并不安全的一个地区。一到这里，朋友就警告我们：出门一定要拉上窗帘，以防小偷窥见室内无人。我们对此并无警惕之心，最终造成偷窃事件。此次最大的损失，就是我们咬牙购买的“奢侈品”——一台18寸的电视机和一台录像机，被偷走了。这个重大打击，差点让我们第二天就买机票回国。当然，在一番朋友劝说与理智思考之后，我们留了下来。接着没几天，看到报上的电器降价消息，就又去买了新的电视机和录像机，仿佛这是我们留下来的条件。

第二次，冬天，周末。

在科罗娜19号，我们租住的房子里，一帮朋友烧好了饭菜，准备一起看电影。不多会儿，前去借录像带的朋友刘春丽，脸色苍白，步履踉跄地回来了。原来，他刚从录像带店出门，就被人抢了，背包整个被抢走。刘春丽是一个书呆子，居然又追上去，央求歹徒，说录像带是借的，还不回去，要被罚款。如是这般，他竟然带回了录像带。当然，此情此景，已没人还有心情再看电影了。

1992年，我从美国回到了成都。

我把抚琴东南路的房子装修了一番。那时，人们还没有装修的概念。我们却超前地把在美国的生活方式带了过来。其实，我们的装修非常简单，只能说是把空间扩大了一些，客厅和饭厅合并，从18平方米扩成了28平方米。依然买了一台录像机，一台比以前大的电视，依然是以前的观影方式，生活继续，电影继续。

有一天，一位香港的朋友来找我，我姑且叫他希先生。其实，他以前是成都人，成都诗人。现在，他蓄着小胡子，穿着一身挺括的黑色西装，一脸严肃，活像一个香港教父。他也乐于扮演这个角色。希先生从香港回成都后，开了一家LG租赁店。LG？我听都没听说过。希先生用香港的商业推广方式给我上了一堂观影潮流动向课。从中，我知道了，当时在香港，录像机已经完全淘汰了。人们都看LG大碟机，LG碟片是一张如黑胶唱片大小的影碟，每张售价两百左右。两百，怎么可能？那时，人们的工资还不到两百呢。

希先生又口若莲花地谈起租赁的好处来，原来，我们只需买一台LG机，然后交一千元会费，就可以在他的店里，办一张会员卡。每次只需花十元，就能租一张LG碟回家看。LG碟的画质就不必说了，对于我们这些看惯了横条乱闪，影像模糊的人来说，那就相当于在电影院看电影了。最绝的是，电影全部都带中文字幕，对于过去连蒙带猜看西片的人来说，爽翻了。

LG机在当时算奢侈品了，记得售价是五六千吧。我一咬牙，买了LG机，办了会员费，还介绍了一大批像我一样的影迷给希先生。我身边的朋友，都成了会员。在90年代，没有互联网，没有进口电影的时代，录像带、碟片给一代人带去了重要的精神寄托。而我们，则超前一步，提前享受了家庭影院的待遇。

成都人民南路，四川省美术馆对面，就是希先生开的LG租赁店。店面不大，但装修前卫，靠墙的一排橱窗密密地铺满了LG碟片的封面。LG碟片很大，封面也大，如电影海报一样，充满吸引力。

90年代中期，我是这里的常客、忠实主顾、热心推销员。我应该在这里，拿到电影学院观众系的结业证书。这一时期我的观影经验，至少与香港影迷是同步的。因为LG片源，与之同步；我们的供销商希先生与之同步。忘了交代，他也是影迷，且是一位有很高品味的影迷。

长长的闲暇的90年代，除了写作、阅读，就是恶补世界电影史。现在，每当我看到一些大片的预告片时，我就会想到，电影的黄金时代已经过去，我算是赶上了它的尾巴。90年代里，我所看到的电影，是我心目中真正的电影。虽然，我只能想象它在电影院银幕上的情形。90年代，也是编剧的黄金时代，他们也赶上了它的尾巴。在那之后，新世纪大片的崛起，敲响了电影编剧的丧钟。剧本不再重要，让位于特效和资本。

2001年，玉林西路，老“白夜”。

这一年，我去南京参加了“中国第一届独立电影节”，担任评委。那是中国独立电影刚刚发轫之时，三天三夜、没黑没白、轰炸式地看了上百部独立导演们拍的各类短片、纪录片之后，我从南京带回一些独立电影的碟片。那些碟片，大都是独立电影导演们自己刻录的DVD光碟。为此，我在“白夜”添了一台DVD机。

这一年，我在“白夜”举办了“首届‘白夜’影音会”，开始在“白夜”放映独立电影。此后的几年里，我成立了“‘白夜’影会”，举办了无数场独立电影的放映，全都拜DVD机之赐。

其时，大约两三年前，希先生以商人而非诗人的敏感，捕捉到了实用录像机市场的大变局即将到来。也就是后来风靡全中国，为全国人民带去初级家庭影院的VCD，即将全面颠覆录像市场。他预感到：价廉物美的VCD将迅速崛起，占据河山。

在一个月色撩人或是恼人的夜晚，希先生全面撤退，从人民南路退至香江，留下一个空空如也的LG店。第二天，兴致勃勃前去换碟的我和朋友们，却被这个“噩耗”惊呆了。顾客们大多骂他未将一千元定金退回，我却很体谅他的处境。因为，这几年让我得到全新视听享受的观影体验，都得益于希先生的经营和推荐；我觉得值回票价。让我沮丧的是，一段美妙极致的观影时光，戛然而止了。

显然，我低估了中国的“山寨”行业，后来听说，首部VCD机，就是中国人研发的。不过，VCD经过短暂的辉煌，迅速被DVD淘汰。很快，成都崛起了一大批DVD租赁店。DVD盗版光碟，在中国全面铺开。也就是此时，我们才知道“盗版”这个概念。当然，大部分人对“盗版”意味着什么，既不了解，也并不介意。毕竟，在中国，“复制”是一个源远流长的传统概念。过去，临摹大师书画，是一个致敬方式；临摹到一个以假乱真的程度，说明临摹者也成了大师；“复制品”作为再创作，也可以卖高价。不知这个传统是否影响到了当代社会的复制观念？借助高科技，电影的“复制”，终于摆脱了“翻录”的原始方法，进入了“无损耗”的阶段。“复制”也摆脱了“临摹”的境界，变成了“山寨”。当然，也由此在世界范围内，臭名昭著。

从那时起，DVD盗版光碟养活了一大批经济和精神匮乏者。前者解决了就业，后者解决了滋养，二者形成了“共同利益体”。

盗版碟在成都如此猖獗，不知有没有其他的城市可比拟？至少北京不能比。因为从我的朋友口中知道，他们买碟并不那么方便。除了令人羞愧的“道德不正确”之感外，成都的文化知识圈颇受益于盗版碟。从电视台到资深影评人，再到我等之超级影迷，甚至某些官方电视台也以各种方式搜集碟片，再以各种“洗白”的技术，譬如：以资讯介绍为名，或以嘉宾推荐、讲座为名，在电视上放映国外电影。

在此，我也要从种族歧视方面加以澄清；并非只有我国影迷无版权意识，有道德缺陷。在我的资深卖碟人李姐家里，我曾亲眼看到许许多多金发碧眼的西方人，熟悉地用近乎切口、暗语等方法，进得门来，兴奋异常。与中国影迷一道，干这“不齿”之勾当，并无羞愧感。尚有一事可以作证，李姐给我讲了一桩事情：一天，她接到一个老客户的电话，请她速带两口袋光碟，前往锦江宾馆，“有大生意”。李姐欣然前往，据说，进到锦江宾馆房间，她立马看见一位眼熟的外国人。说眼熟，是因为出于“专业”需要，影碟供应商一般也要记住几位著名的好莱坞影星，以供客人钦点时应对。李姐暗示我这位“眼熟”的明星，是“阿汤哥”。我不大相信，但至少是好莱坞同级别的人物，才会被李姐记住。

据说“阿汤哥”在两大袋编织口袋中，发现了若干部自己主演的电影，非常兴奋，并拿着由他主演的盗版光碟，与李姐合影留念。似乎，他也忘记问到版权问题。最后，大明星选了好几十张碟，买走了。

听到这个故事，我的道德愧疚感得到了缓解。既然好莱坞著名影星，对自己的电影传播到亚洲某国、某城市、某偏僻小街道，觉得好奇及自豪；或许他的导演和制片人也当如此？毕竟，这证明了自己的文化影响力。若中国导演也能在美国或某欧洲小城找到自己的作品，那多牛啊！

李姐的影碟店，藏身在最繁华的春熙路（有大隐隐于市之喻）。在一家小理发店的掩护下，从一扇窄窄的门进去，豁然开朗。里面，俨然一个电影博物馆。这样说，是因为李姐依据多年卖碟的经验，已将市场细分。她的店，专门针对成都的知识文化圈。因此，她也摸透了这群人的胃口。她的店里，当然也有各种好莱坞大片，但艺术片这部分，她快赶上电影史专家了，分门别类，或依年代，或依导演，或依明星，或依电影节奖项划分，井井有条，便于查找。在那里，常常一抬头，见到熟人。一低头，找自己的电影，没工夫啰唆。我和另几位朋友是她的“大买主”。每逢我去，她就主动热情，根据我的胃口进行推荐，也都八九不离十。

2007年，三环外，世纪城。

我搬到了离城很远的地方，李姐的影碟店，就再也没去过了。我在城南东找西找的，找了几家店。最后，锁定了科华北路附近的一家店。以下，为了保护当事人的隐私，我故意模糊了小江家的地理位置，因为影碟店是她们一家吃饭的饭碗。

这么说吧，一家长相极普通的居民大院，黑咕隆咚的门道，老房子住户都是外地打工者。房子都很小，所以，院子里常常坐满了歇凉或吃饭的人。白天到晚上，常有一些穿着时髦或奇怪的人，穿过黑洞似的大门，穿过院中的人群，进入某单元二楼。二楼，有一扇精装防盗门，与周围破败不堪的气氛不符。常常我还未敲门，就有人把门打开了。与李姐的影碟店一样，此处，也有暗号和机关，这里就一一略去了。

小江是从别人手上接过影碟店的，以前她卖服装。所以，我见证了她对电影，从一无所知到“业务精通”，从一个影盲到一个影迷的全过程。我也是在她的店里，从DVD碟垂直过渡到蓝光碟的。淘碟这么多年，由于观影机器的升级换代，我们那些精心保存的电影碟，一夜之间被淘汰，已经好几次了。当我第一次拿到蓝光碟时，想起家中书架上的那一厚摞VCD、D5、D9碟，不禁大为恼火。小江却一副满不在乎的样子说：“没法，只有淘汰，社会都在进步嘛。”就这样，我的影碟机也被淘汰，换成蓝光机。不进步不行啊，不买新机器，就意味着没有新电影可看。

日月如梭，光阴荏苒。我在小江的店里，渐渐升为五星级客户了。所以，我也享受了一系列贵宾待遇：诸如可自由退换、赊账、钦点，以至于最近更先进的直接邮购、微信付账。

2008年，北京望京，花家地。

我从2008年开始，有很多时间住在北京。“恶习难改”，我又在住家周围寻找影碟店。一次，在丽都酒店附近，我看见一家新开的影碟店。我踱了进去，吓了一跳：里面排列齐整的影碟，其规模、海量、分档，超过了李姐的店好几倍，堪比一个小型的影史博物馆，甚至默片时期、有声片初期的电影，都能找到。我特别喜欢的欧洲电影，小语种电影，也都屡屡入眼。我高兴的心情不言而喻，于是，照搬成都模式，我在北京也置办了一套观影设备。又一次，我成为这家店的义务推销员，我隆重地向我的朋友、著名作家某某推荐了该店。过了没几天，他突然打电话给我，说正在现场，店门已关。据隔壁店员讲：上午来了两辆大车，将该店的所有存货，一扫而光，店主也被带走了。电话中，我和朋友都很怅然：他是因为一部都没来得及买，我则因为没有买够。

但是很快，我又在花家地找到另一家店，继续我的买碟生涯。

在李姐时代，我就超前消费，购置了一台投影仪。也许是遗传基因作怪，70年代末，电视机刚上市，我母亲就超前购买了一台。在他们偌大的单位里，买电视机，她是第一人。比她高级的领导，家里也没有电视机。一般来说，大家首先要买的是冰箱。我直接继承了父母对电影的热爱，为之消费，不计成本。

观影设备和音响设备都是无底洞，升级之后还可以升级。我不是硬件发烧友，不会像我的一位朋友一样：有一次，我应邀去他家看电影，他有一套顶级影音设备，堪比电影院。但是那天，我一部电影都没能看完，因为他的重点不是看电影，而是看设备。每看完一个音效绝佳的关键时刻，他就按回放键，把这个镜头重新来过，让我们再次体验设备的高级与细节。无论我怎么恳求他把电影放完，他都置若罔闻。从此，我再也不去他那儿看电影了，因为，设备不比电影，看一遍，足矣！

我喜欢在影院看电影的感觉，在黑暗中，会有一种彻底浸入的感觉。日本摄影师杉本博司，拍过一系列电影院的作品。

他曾说："电影与做梦的相似之处，就是都会在过程中丧失自己，意识被卷入。"所以对我来说，电影就是催眠、就是享受；是坐在黑暗中，灵魂出窍；是放空自己，变成另一个人；在屏幕上，跟随剧情，体验另一种生活、另一番激情。这也是我绝不在电脑上看电影的原因，它会让我出戏。

我曾经写过一首诗：《电影的故事》。其中的一节正可以用来说明我的这种感觉。

电影院里　我坐着
看一些光影闪动　或
假象奔跑　它们就像
一种囊中缩影的法术
让我瞬间放起雷电
游遍八荒　让我
轻于空气　放弃自己

我和某人　相拥在广场
或　消化在彼此的胃里
它都是一种制作
被注入一种叫强调的元素
被爱情之外的爱情所分享

我和某人隔着屏幕吵架
或者躺在床上撕扯　都成为
电光幻影中的来回奔跑
成为我日常面对的妥协
或　他血管中的温柔黑客

有一天，一件事情改变了我。

一个朋友送了我一件生日礼物，小米盒子。此时，我已被投影仪宠坏了，在电视上看电影，已成了不能忍受的事情。起初，我对小米盒子没兴趣。

一天，我偶尔浏览小米，“专题纪录片”五个字跳出来，打开一看，原来，无数的国内外纪录片分门别类，一一藏在盒子里。我慢慢翻下去，许多我想看但没能找到的纪录片，出现在眼前。第一部在盒子上下载观看的纪录片，是《印度的女儿》。这部纪录片，在印度是禁片，虽然是BBC拍摄，仍被印度官方认为“污名印度”，予以禁映。

这部电影让我领略了优秀纪录片的意义，它真实和全方位的还原事件的真相、背后的故事、历史的渊源、深刻的内在纠结。

在小米盒子上，另一部纪录片《地球之盐》，也是让我震惊和喜爱的影片。摄影师萨尔加多富于戏剧性的一生、绝美深刻的作品、富于洞见的思想，都通过萨尔加多的镜头，一一展现出来。对于无法亲临现场的人来说，纪录片还原了萨尔加多本人及作品无法复制的魅力，让人难忘。

这次，小米盒子终于吸引了我。小米盒子能展开几万部电影的容量，让我常常死盯着这个小小的魔盒，终不可解。回忆我最初看到的8寸监视器和黑白录像带，我惊叹人类的文明和科技，是以乘法的方式递进，而不是以加法的速度；数据革命改变了世界，同时，始终存在的不道德感，也随之消失殆尽。因为，一个业内人告诉我，那些影片都是买了版权的。我的观影方式，再一次发生了改变。从小米盒子中，抽丝剥茧，寻找我喜欢的电影史上的经典电影，成了我写作之余的最大爱好。

电影，是我们这个时代最大的梦想。电影中的世界，是另一维现实。我非常喜欢的电影《楚门的世界》，就是把“世界”当成电影来拍摄。以“楚门”的视觉来反观电影，它也正是我们的现实，我们的世界。我们每人都在它的陪伴下长大。父母的陪伴，只能到他们的生命结束为止；电影的陪伴，却直至我们生命的结束。我们的生命结束，电影却仍然活着。不管它会变身为另外的什么形态，作为一个不断更新的美梦，它与人类生命共存。

承载电影美梦的观影工具，随着科技的发展，将会进化到哪一步，更是难以遐想。我大学的专业中有全息技术。我能想象的观影方式的最远目标，就是全息电影。但是全息电影已近在咫尺，未来的技术走到哪一步？那一定是个美妙的黑洞。

川菜小记

水煮凉粉

鼓楼北三街56号，是一个很深的公馆。据说过去是一个大军阀的宅院，分为七个院子，住着军阀的一家老小，三妻四妾。1949年后，成了大杂院，里面已住上了几十来号人家。60年代中期，我就住在公馆最深的院子——5号院里，去街面，得走3分钟，买东西常觉不便。于是，常常有小贩挑夫深入腹地，进得院来，推销和售卖货品。

每早7点钟左右，必然地，就有一对母子来卖牛奶。男孩肩担，母亲肘提。一根扁担正中，悬着一个大号铝制牛奶桶。母亲身穿玄蓝布衣，围一条灰白围腰；男孩也穿同色布衣，也围一条小号围腰。母亲面容灰白，男孩手背龟裂，长满冻疮。大号铝制桶沿，悬挂两个铝制牛奶提，大提一斤，小提半斤。这种提壶，是六七十年代的计量器。打酱油打醋，也用这样的提壶来计量。除了铝制之外，也有木制的。有些人家，是按月订牛奶，有些则现买。牛奶稀薄，没有现在常喝到的牛奶表面的奶衣。有人说："那位中年妇女往牛奶里灌了许多水，稀释牛奶，以充斤两。"但口说无凭，母子均衣衫单薄，面容老实。时值冬天，男孩冻得两手肿似馒头，呵气取暖。疑心的人，也只能嘀咕两句，却也争先恐后地购买。那年月，本就没有什么营养品，牛奶算是最物美价廉的食品了。过了7点，还就没有了呢。

卖牛奶的，走了；卖豆花的，来了。也挑一个担子，扁担两端，各挂一个屉桶。一面是无格木桶，里面装着有时热气腾腾，有时则温突突的豆花，豆花表面，也稀薄无衣；另一面的屉桶里，装着小碟小碟的调料。买了豆花后，这些调料就会依次淋在白生生的豆花上，青葱粒、红椒油、黄豆末、白芝麻、黑米醋，色彩分明，煞是好看。下层，则又装了些刚炸出来的油条，有时是热包子。院子里的住户，在大的贫困年代中，却也有贫有富。工人阶级，家养七八个孩子的相对赤贫。那七八个孩子坐在院子里，围坐一堆吃早饭；看一眼豆花油条，吞一下口水，再埋头喝自己的红苕稀饭。红苕稀饭，现在是养生食品，当时却是廉价早餐。六七十年代，红苕稀饭是普通家庭的主打早餐。一大堆红苕，一小把米，15分钟大火，40分钟小火，就着一小碟泡豇豆，早餐吃得稀里哗啦。红苕刮油，那时的人，哪有油可刮？吃得再多，也是痨肠寡肚。近年来，通过各种养生包装，红苕升级换代，与土豆、花生、山药一并，合成健康拼盘，成为高档食品。而油条，则由于众所周知的原因，打入另册，不再受待见。

院子里也有有产阶级，也有家庭成员少的人，他们是豆花、油条、包子的主顾。“文革”还没来到，暂时还可以过一下相对富裕的“解放前”的日子。我家，在院子里算中等，偶尔也会光顾豆花、油条，但大多数时候，早餐，还是红苕稀饭，或煮凉粉。

煮凉粉，在90年代之后，也升级换代为成都小吃名品了，用料精致了许多，各大旅游点，都有其踪影，在我小时候，却是充饥之食。煮凉粉与川北凉粉不同，川北凉粉是用淀粉做的；煮凉粉又叫米凉粉，顾名思义，是用米做的。后来，上山下乡，饿慌了的时节，这两样凉粉原料，我都亲自动手制作过。在城里，都无须自己动手，菜市上，有新鲜米凉粉卖。成都人几乎也人人会做煮凉粉，简单易学。开水焯过后，用芹菜末、豆豉、豆瓣酱、白糖、盐、蒜泥、花椒面合拌，味道好极了！

有那么两三年，我起床后，就走进家门外那间青砖隔出来的一小块“违章建筑”（那时还没有这个词），这是我家厨房。我掀开一小块石片，捅燃蜂窝煤炉，就烧水焯凉粉，然后拌上各种调料，与我哥一人一大碗，每晨光盘。吃完，就背上书包上学去。煮凉粉其实并没有太多营养，但对胃，极具欺骗性，吃了还想吃。小升初那几年，成了我和我哥早餐的主打食物。川北凉粉与煮凉粉，一直并列为我的两大最爱。

吉祥三宝

文武路是一条大路，两侧外挂着数十条小巷。二十六中，在文武路上，成都公安局对面。中学同学，多数是按就近入学的规定入校的，他们都分住在文武路的四周。我就是在这里读完了初中和高中。

二十六中背后，是成都远近闻名的文殊院。文殊院建于南朝，毁于明代。康熙年间重建，改名文殊院。历任方丈都曾在这里开坛传戒，寺里有佛学院。后来，被国务院确定为佛教全国重点寺院。文殊院定为重点寺院那几年，香火鼎盛至需要人工降温的程度。大年三十，吃过团年饭，就有人前去文殊院排队，要抢头炷香。头炷香的价格每年递增，仍供不应求。有一年春节，烧香腾起的黑烟，噼噼啪啪，直冲天空，半个城都能看见，让人想到“大漠孤烟直”或“好风凭借力，送我上青云”。一进寺庙，真如进到火灾现场，满眼浓烟，烟熏火燎，不但菩萨罗汉看不到，烧香的人影，也看不到。插香时，也只能眯着眼，靠感觉插下去，一不小心，插到前面人的头发上，也是有的。门外，终日停在街边的消防车，与街面上乞讨的人群，与冲天一炬的青烟，构成文殊院“吉祥三宝”。话说在70年代初，那里，却是门前冷落鞍马稀。原因嘛，你懂的。

我想要说的重点，是文殊院对面，拐角处，有一家“洞子口张凉粉”。我就是在那里，认识川北凉粉、甜水面和鸡丝凉面的。这三位成了我中学时代隔三岔五就会照面的老相识，直到现在，还时常惦念。

“洞子口”是一个地名，在北郊之外。据说，“张凉粉”的美名，就是在洞子口起集时，摆摊练成的。与成都各大名小吃一样，“张凉粉”的诀窍，也在调料的配制上，与众不同，他们用一种甜酱油。这种甜酱油是普通酱油加上冰糖，还加别的香料茴香、八角；武火冲开，文火烹熬，熬制出来的。甜水面，也因这甜酱油，而别有一番味道。当然，与其他名小吃一样，现在工业化产出的酱油，再也没有过去的口感了。

中学时，我常嫌学校伙食简陋难吃，就把家里给的两角午饭钱攒起来，光买白饭；然后，与两位同学，走到文殊院。在“洞子口张凉粉”店里，要一碗川北凉粉。鸡丝凉面、甜水面、黄凉粉备后，轮番上阵，下饭。甜水面号称“三根面一碗”，是成都很特殊的小吃。可惜，现在不太有人吃了。究其原因，因为工序繁复，揉面有考究。现在的快餐时代，这类用料和做工都很考究的传统面食，跟不上时代潮流了。甜水面除揉面考究，用料也复杂，味道集合了麻、辣、香、甜、鲜，是因为除了甜酱油之外，还需要蒜泥、芝麻酱、花椒面、芝麻、香油等。味道也因此复杂，除了突出甜味，面条的嚼头和又辣又麻的滋味相得益彰。“张凉粉”店，主打川北凉粉，以甜水面和鸡丝凉面为辅，虽都是辣味小吃，其辣味却各有不同，互相补充。因此，成为“洞子口张凉粉”店的“吉祥三宝”。

成都的名小吃店很多，如“龙抄手”“钟水饺”“陈麻婆”等等。店都不大，设备简陋。改革开放之后，这些老店也都更新换代移址了。比如“陈麻婆”店，就开到杜甫草堂，一共三层店面，装修也都“高大上”了。如果有国外朋友来成都，我也会安排“游杜甫草堂+吃陈麻婆豆腐”的精品旅游战略，来招待他们。

2011年，我陪一位美国朋友逛文殊院，逛完后，出得门来，远远地看见对面“洞子口张凉粉”几个大字。我大吃一惊：这小店还没关门？还没移址？还没改装得“高大上”？我急忙拉着朋友，向对面走去，边走边对她讲述了中学时的午饭经历。她觉得很有趣，立即掏出相机来，左右开弓，立此存照。

店面仿佛时光驻留，虽有些许改变，但铺面位置、大小、装修，几乎与记忆中，一模一样。周围已拆得面目全非，包括二十六中，也旧貌换新颜。但“洞子口张凉粉”，岿然不动，犹如遗留下来的活化石。店内服务，也与过去一样，先点菜买票，然后，自己拿票到厨房窗口，取面点。这种社会主义服务态度，在成都，已不多见了。持这种态度的商店，早在经济大潮中，都一一淘汰了。而在这里，它却一意孤行而岿然不动。莫非，就因为它是“吉祥三宝”之一？

我们进到店里，吃了“镇店三宝”：川北凉粉、甜水面、鸡丝凉面。前两样，吃得我唏嘘不已：这哪是记忆中的老相识啊，简直是山寨版加冒名顶替。味道寡淡得我都替他们难过。鸡丝凉面，啧啧啧……要知道，我的朋友们都认为，我的大厨水平，以凉面为最。

说起鸡丝凉面，我就想起北京的凉面。那是1982年，我成年后第一次去北京，照例，要去长城、香山、天安门。记得爬香山时，在路边突然看见一个幌子，斜刺里挑出，上书“凉面”二字。我正饥肠辘辘，一看大喜，马上就买了一碗。接过碗来一看，我以为店家忘了放调料，遂伸过碗去质问；对方双眼一翻：“放过了。”我低头一看，碗里也是三宝：面条、黄瓜丝、芝麻酱。难道这芝麻酱就是调料？我满怀狐疑地吃了起来，除了芝麻酱和盐的味道，无有其他。遂想起鸡丝凉面那十几种调料，不禁对首都人民，有几分同情之心。许多年后，我才知道，此同情纯属多余。有人就喜欢吃三宝凉面，西红柿鸡蛋清水面，乐此不疲，对纯属浪费的十几种四川调料，嗤之以鼻。

有一阵，我住在北京，被迫吃了一段时间西红柿鸡蛋清水面后，格外怀念成都的“华兴煎蛋面”。说来，都是西红柿煎蛋，却有朴实和豪华之分。北方的煎蛋，应称炒蛋；锅中放油甚少，符合现在健康标准。蜀中煎蛋，却一锅汪油；将鸡蛋在油中，翻滚一炸，炸至金黄才起锅，配料也是七八种，面煮好了，配料垫底，金色鸡蛋铺在面上，色香味俱全。“华兴煎蛋面”总店，就在“白夜”不远处。酒醉人酣之后，是极好的解酒之物。“华兴煎蛋面”鼎盛时，半夜四五点都座无虚席。成都人爱吃“鬼饮食”。“鬼饮食”，顾名思义，就是在黑暗中出没的人吃的饮食。成都是一座不夜城，半夜两三点吃夜宵，是常事。最初的“鬼饮食”，都是小贩肩挑手提，走街串巷买卖的。后来，才落地生根，升成小店。人民公园附近有一家“老妈蹄花”，是标准的“鬼饮食”。因为，这条街，白天是绝对不让沿街摆放摊位的；但是，到了晚上，就没人管了。城管自己下班后，都会到这里来，吃一碗粑和且肥而不腻的蹄花。闻名已久，有一次，我与朋友半夜前去，车刚到街上，好几个人扑上来抢客，把我们吓一跳。因为在正店之外，有几家借势的店，也都叫什么什么蹄花，以掩人耳目，混淆真伪。我们随便进了一家也称正店的，一吃，蹄花果然名不虚传，与众不同。“老妈蹄花”后来拍了一个类似张艺谋为成都政府拍的宣传片；不，比张艺谋拍得更牛，因为这是一个国际性的宣传片。所以，“老妈蹄花”一夜在全世界成名了。后来，这家店也更新换代，变身为成都名小吃店了。

这都是改革开放之后的事了，回到六七十年代，人都不够吃，哪有鬼的饮食？晚上正餐之后，也都没有什么餐饮了。

记忆中，成都小吃店颇多。当年，从商业街提督街到春熙路一带，著名的小吃店，全伙在此。提督街从20世纪30年代开始，就是一个商贸繁荣的地方。1949年前，成都有名的“精益醋庄”“三江鞋店”“大可楼海式包子”，都在这条街上。三国历史人物刘、关、张的“三义庙”，最早也在这条街上。再往前，便是有名的总府街，成都最有名的小吃“赖汤元”“龙抄手”，就在这里。小时，父亲常带我去提督街的劳动人民文化宫，看电影，或看篮球比赛。文化宫左侧，是一家有名的小吃店，记得好像叫“古月胡”，好记的名字。“古月胡”门口有一只大锅，里面翻炒着三合泥。师傅带有表演性地翻炒锅里的食物，锅里主料三宝：炒面、花生仁、白芝麻，辅料就很多了，我也记不清。三合泥，用当年匮乏的猪油制作，光香气就勾人饿肠。60年代末，动荡年月时，猪油可比猪肉贵。猪肉要肉票，一个星期只能吃一次；猪油，则可以每天炒菜放一勺。所以，许多人都用猪肉票买大肥肉，熬猪油。所以，那又香又腻的三合泥，真是大受欢迎，每个周末，都有人在店门口排长队。今天，三合泥已无人问津，在传统小吃的名单中，也被淘汰了。究其原因，三合泥太油了，不符合当今人们的少油健康观念，具有“三高杀手”之嫌，只有在饥饿年代，痨肠寡肚时，才会告慰人们的胃口。

这家店里，很有名的小吃还有红糖糍粑。红糖糍粑，是成都过年时，让人流口水的小吃。记得小时候，每年春节来临前，全院家家户户抬出一个小石磨，家家泡了糯米，用石磨推糯米。我和小伙伴们总是约好一起磨糯米，这样就可以边磨边聊天。有时，七八台小石磨并列在一起，七八台磨子里，流出白白的米浆，像一排排的小瀑布，煞是好看，煞是壮观。磨子出浆的一端，用布口袋扎好，磨好的米浆吊起来，沥干水分，最后晒成糯米粉。煮汤圆时拿出来搓成汤圆，包进芝麻心子就可以煮着吃；在火上煎一下便成糍粑，黄豆炒熟后磨成粉，煎好的糍粑，在黄豆粉里一滚，再蘸白糖或红糖，就成了又香又甜的红糖糍粑了。

关于红糖糍粑，还有一个段子说，农民插秧，饿了就幻想：等我发财了，我就在田两端，各放一碗糍粑。插秧插到这边，我蘸一口白糖；插到那边，再蘸一口红糖。我蘸了白糖蘸红糖，蘸了红糖蘸白糖，巴适惨了。这说的是穷人想象富人的生活，也说明红糖糍粑在当年也不是便宜的食物。当然，现在穷人富人都不吃红糖糍粑了，这也是“三高杀手”。

上高中时，我在一位同学家，吃到一碗地道的鲜花椒素面。这一吃如醍醐灌顶，让我瞬间领会了川菜的真髓（我是北方裔，家里饭菜还是比较温柔）。初入，沁人口舌；继而，口舌生香；然后，滑入心脾，一时，如通体透亮，竟有浑身酥麻之感。人们说：川菜，味在麻，不在辣，说的就是这个。从那天以后，我对花椒情有独钟。花椒的香味，实在是难以言说，在麻得双唇颤抖时，体会到的那种精神上的欣快感，只有四川人才能理解。

花椒不但香浓，也算食材中最有文化的种类吧。最早在《诗经》中，就出现过花椒的倩影，说明中国人民于二千多至三千年前，已经开始品尝花椒了。古时，宫廷用花椒渗入涂料，以装饰墙壁，称为“椒房”，给宫女后妃居住。后来，就以椒房比喻宫女后妃。也因中国人好以形状物，花椒树果实累累，遂成为子孙繁衍之象征。风水上，可治不育。

若干年后，据说花椒被美国禁止进口，列入毒品之列（听说）。我觉得，从上瘾的角度和获得的欣快感而言，它们确实有相似之处。

爱上花椒后，我顺理成章地爱上了提督街一家小店卖的牛肉焦饼，后来，也顺理成章地爱上了顺兴老茶馆里的军屯锅盔。成都人管烧饼叫锅盔，牛肉焦饼和军屯锅盔的诀窍，都在于将大量的花椒面揉进面团中，再用油煎得酥黄，吃起来，既香又脆。有一年，学者李陀、刘禾来“白夜”做活动，在我家附近的顺兴老茶馆，吃了一次军屯锅盔，吃后大呼上瘾。刘禾一口气将剩下的十四个锅盔，全买了，带回北京，放进冰箱，每天早上，拿出来当作比萨饼吃。

郫县豆瓣

2006年，我参加美国旧金山的诗歌节，转道去美国加州，看望我的老朋友林星雅，她守着自己近百岁的婆婆，哪儿都不去。她的婆婆抗日期间在成都住过，对成都记忆犹新，听说我是成都人，她饶有兴趣地问起成都的近况。老人家尤其提到麻婆豆腐；据她说，抗战期间，她住在成都时，就住在陈麻婆豆腐店旁边，常常去光顾这家老店。她记忆力超强，陈麻婆脸上的麻子，以及麻婆豆腐的做法，她都记得清清楚楚，说得明明白白。正是从她那儿，我知道了麻婆豆腐里的蒜苗，是要切碎的，而不是像我以前一样，横切成斜入式。而郫县豆瓣酱，也是要先用滚油煸炒的。

我特别喜欢麻婆豆腐，理论上，则认为麻婆豆腐三样东西不可缺：花椒、蒜苗、郫县豆瓣。关于后者，成都作家颜歌在她的获奖小说《我们家》中有过精彩描述："横竖一坝子的土陶缸子，大半人高，两人合抱，里面汩汩地泡着四月里才发了毛的蚕豆和五月刚刚打碎的红海椒，以及八角、香叶那些香料和大把大把的盐巴，那辣椒味道一天变两天地，慢慢在太阳下蒸得出了花发了亮，刚刚闻着也是香，后来也无非一股酸臭。"

颜歌老家在郫县郫筒镇，是正宗郫县豆瓣原产地。所以，她知道那些细微的制作过程。"有时候太阳大，晒得缸子里砖红的豆瓣酱都翻滚起来，冒着大水泡。这个时候，爸爸就要拿根一人高一握粗的搅棍，踩着板凳一缸一缸地去搅——搅豆瓣，是一件极其要紧的事。"

下乡那两年，我住在生产队的保管室。两间房，一间吃，一间睡，都大而不当。一个食堂用的大锅，我却只有一人的量。半瓢清水，两把柴火；一斤米下去，得半斤锅巴。很多时候，没菜，我就用郫县豆瓣拌锅巴饭，饭刚出锅，热气腾腾，郫县豆瓣一和（音：huo，搅拌的意思），当得起韩国石锅拌饭。成都话常说：饱懒饿新鲜！人一饥，便使力。我下乡时，出工之外，学会很多厨房小技：推豆花、酿醪糟、点黄豆、磨米粉。只要有了郫县豆瓣，这些小食，便化腐朽为神奇：味道好极了！那时，粮油匮缺，郫县豆瓣管饱！只要有它，不怕无菜下饭。

郫县豆瓣和花椒，是川菜之底色。缺了这两样，川菜要大打折扣。1991年，我在纽约居住时，台湾菜和广东菜为纽约中餐馆主要风格，川菜几乎没有。我十分想念麻婆豆腐，只得亲自动手，采买原料自做。但要命的三样原料，缺了两样，单有中间一样：北方式的“大粗老”蒜苗。郫县豆瓣和花椒根本入不了美国海关。但是，巧妇也得为“中国胃”做无米之炊。我去中国城买来早已不新鲜的辣椒面，姜葱下锅，蒜苗煸炒，做了一道平生最难吃的“麻婆豆腐”。那是1991年的纽约啊，来我家吃饭的一个美国人，却大赞：这是她这辈子吃到最好吃的东西。这让我不思悔改，又同情起她来。从那以后，我也染上一个坏毛病：一到国外，就想方设法，自己动手，做火锅，炒川菜；一回成都，便游手好闲，由小餐馆伺候。

从美国回来后，总有人问我为什么要回国，我总是笑言："因为美国没有花椒！"这话，至少有一半是真的。

2000年，我去德国柏林，驻留一年。一个凄风苦雨的周六下午，一个德国人到机场接我。一路上，他说着一些诸如德国人周末从不上班的话（暗指我不懂事，选择周六的飞机）。到了住处，钥匙一交，厨房炉灶和热水器一交代，他关上房门，就拜拜了。弄得一个从好客之乡成都来的人，丈二金刚完全摸不着头脑。正在我一筹莫展，焦虑不安时，一位当地中国朋友打来电话：她不能马上来见我，只告诉我，在我住处往前一条街，有一家"天府饭店"，是柏林最好的川菜馆。放下电话，我行李都没打开，就出门了。在那三间大屋子里，我觉得快窒息了。

"天府饭店"看起来与所有国外中餐馆一样，不大的空间里，只坐了三桌人。老板娘是台湾人，很热情，大厨却是四川人，让我很安心。我的隔壁，坐了两个德国老头。他们一个点了麻婆豆腐，另一个点了夫妻肺片，就着米饭，各自吃着。作为成都人，我应该奇怪，作为在纽约住过的人，我见惯不惊。我也点了麻婆豆腐和夫妻肺片，又点了前菜蒜泥白肉。不是我浪费，而是我希望这三道川菜能够唤起我对成都的记忆（虽然我刚离开它不过几天），也希望唤起我在柏林住满一年的勇气。

菜端上来了，非常地道，除蒜苗不那么新鲜，别的无可挑剁。我一尝，就知道这是郫县豆瓣炒出来的，花椒也还新鲜。大厨来自四川自贡，我们后来成了朋友，半年后，我推荐他去香港朋友王亥开的餐馆“打平伙”，他最后去了没去，我不知道。那天，在地道的成都花椒的作用下，在“吉祥三宝”的安慰下，我终于兴奋起来，回到住处，一觉睡到天亮。

接下来的日子里，“天府饭店”成了我的精神寄托之地。每当我内心沮丧，忧郁不安的时候，我都会去那儿，寻找一种故乡的感觉。这种感觉，具体地体现在来自四川的花椒激起的欣快感。它，使我最终认识到：我的“中国胃”，决定了我只能住在中国。

秋天，长住伦敦，80年代出国就再没回过国的诗人胡冬，从英国来到柏林。胡冬有一位英国岳父，最爱吃他做的川菜。他也以一手四川人必备的初级川菜料理水平扬名伦敦华人圈。胡冬是伦敦第一大闲人，到了柏林亦是。我也无聊，遂陪他四处闲逛。一天，我们路过一家名叫“太平洋”的中国超市。我一到国外，就染上一种坏毛病，见中餐馆必去用餐，见中国超市必去采买。所以，二位闲人进去逛逛，突然看到了一大堆用最简陋包装（因而也一定最地道）的四川郫县豆瓣，胡冬兴奋地在超市跑来跑去：“郫县豆瓣，郫县豆瓣！我出国后再也没有尝到过。”我也在一旁念叨：“这是我第一次在国外见到郫县豆瓣，第一次！”最终，我二人将货架上和仓库里的郫县豆瓣，一扫而光。胡冬觉得这是柏林之行的最大收获。

第二天，他背着二十几包牛皮纸包装的郫县豆瓣，一脸幸福，登上了回伦敦的火车。从车门往外，他对来送行的我和朋友们喊道："够我吃好几年了。"

那一天的收获，使我又手痒起来。一周后，我操办了一次火锅宴，请了长住德国的朱金石夫妇，客居柏林的汪晖。那天下午，客人到来之前，我打开郫县豆瓣纸袋，把铁锅烧红，倒入橄榄油（代替菜籽油）。德国的厨房都没有抽油烟机，当然，他们的饮食很健康。我只能把窗户打开，开始煸炒郫县豆瓣，这是火锅的第一道工序。不一时，只听窗外一片喷嚏声，犹如一部小小的交响乐，此起彼伏。我伸头往外一看，楼下有一家小餐馆，四五桌人，正围在高桌旁，吃饭喝酒呢。几十个人全都抬起头来，在空中张望。看起来，郫县豆瓣的辣椒粒，遇上洁净的德国空气，仿佛一下扩张成一个个红气球，飘浮在空中，刺激着他们的呼吸道。一辈子没闻过如此强烈辣味的德国帅哥靓女们，正喷嚏连天、口沫四溅，抬首寻找空气中的元凶。我吓得头一缩，退了回去。此时，若有一部摄像机，倒真是一个不错的超现实场景。

小人书小记

小学二年级，我开始读小人书（连环画）。之所以记得时间，是因为二年级时，举家从贵州搬到成都。先暂住沙湾，后入读成都铁路小学，简称“铁小”。很快，父母分到房子，搬至鼓楼北三街。其时，我和我哥就读“铁小”，暂时不能转学，寄住在姨妈家。从“铁小”到姨妈所住的八宝街，一共有四五条街道。每天走路回家，途经好几家小人书店，就是从那时起，我开始爱上小人书。

有一家小人书店，我最早光顾，那不叫店，叫摊。也就是把那些小人书，一分两半，挂在两棵树之间拉起的麻绳上；地上，用三五块砖头，搭一条木板，成一溜座位，阶沿也可以坐，生意就做起来了。当然，这种书摊，比较便宜。小人书店，都是租书。每本租金五分钱，看完，换另一本。这种小人书摊只租两分钱，因为不是坐商，算流动摊贩。我每天经过这里，都要坐在街上，看一本小人书。那时，识字不多，选择以图为主的小人书。最早爱上《三毛流浪记》，以及1949年后出版的三毛系列连环画。此外，就是一些简单易懂、带有扫盲性质的《中国成语故事》系列，或者像《东郭先生》这样的寓言连环画。

小人书店，相对“豪华”一点，一般都有二三十平方米的空间，有些有板凳，不过，多数是将铺面的门板拆下来，两端各垫上砖头，变成一条长板凳。成都当年大多数街面，都是前店后家。前面临街，有一个大点的空间，二十至四十平方米；后面，则是家庭用房。沿街的铺面没墙，一块又一块长的木板，嵌成一面墙。白天，把木板取下来，门面打开做生意；晚上，关店时，把木板嵌回去，关门睡觉。小人书店，除了前面门板外，其余三面墙，从上至下，都被糊上小人书封面。上面各有编号，看中了哪本书，可找老板报出编号来，花五分钱租一本。看完了，再租另一本。小人书封面被撕后，老板都精心地用牛皮纸将小人书前后重新包装过，再写上编号，这样，方便查找。

我每天上学，来来往往经过这些小人书店。放学回姨妈家时，必定进去溜达一圈。有钱时，就选一本看，没钱就看看那些封面。满墙的封面，真好看啊，红红绿绿，花花哨哨。每一个封面，都能让我想象一个故事。每天下学走上一圈，只看那些封面，也能获得满足。我姐就不一样了，她比我更有占有欲。一次，她在小人书店里，偷偷地将《红楼梦》中宝玉、黛玉偷看《西厢记》的一页，撕了下来，塞进裤兜，拿回家去，收藏起来。不久，被我妈发现了，当然，少不得一顿臭骂。战利品，自然也被送回店里去了。

除了单本连环画之外，许多长篇连环画都会被按系列分类。比如，《三国演义》算一类，《水浒传》算一类（那时我不认识“浒”字，按四川人认字认半边之法，读作“许”），《岳飞传》算一类（《岳飞传》也有十五本呢），每个系列属于某个出版社出版。那时，我并不懂这些，但能看出某一类题材，或某一套小人书封面，是类似的。我想：之所以叫“连环画”，就因为它们可以像长篇连载一样，一篇一篇，连载下去。如《岳飞传》里“枪挑小梁王”“小商河”“杨再兴”“风波亭”等，都各占一本。《三国演义》就更不用说了，五十多本，每个独立的故事，各占一本。那个年代，没有电视连续剧。连环画，相当于连续剧；能够用分篇的形式，把一部长篇小说，全部用连环画的方式表现出来。

连环画和漫画是不同的。漫画多半以图画为主，较少的文字放在画中，说明一下。报纸上，有许多单幅或几幅连续的漫画，类似于插图。连环画，则有脚本、有故事发展线索、图文分离。文字也重要，文字能陈述画面，串联故事。所以，对于还不能读长篇小说的我，连环画，具有无穷的魅力。

不过，我还是小学二年级学生，五分钱，对我来说，也是困难的。有时，我跟着哥哥，一起看小人书。我哥花钱租了书，我就在旁边侧着头与他同看，成都话叫“看巴片儿”。有时，他看完了，我就拿过去接着看。但店主发现了，就会把书缴了。有时候，我想看的小人书，与我哥想看的不一样，我就只能想办法，自己租。把父母给的零花钱，攒起来，把姨妈或表哥表姐时不时给我的一点钱，攒起来。最后，全部贡献给小人书店主。

那真是一个小人书鼎盛的时代啊！通常，一个三四十平方米的空间里，满满地坐着各种人：小学生、中学生占多数，成年人也不少。现在想起来，五六十年代的扫盲活动，使许多农民、工人有了基本识字能力。但文化水平不高，小人书这样的看图识字、图文并茂的通俗美术读物，对他们是最有吸引力的。那时，社会上没有更多的消遣活动，人的精神活动非常匮乏。所以，小人书老少咸宜：俗中有雅、喜闻乐见、家喻户晓。据说，小人书每年的年产量，会达到数亿册，可以想见当年的风光。

蹭书看的日子里，我跟着我哥，看了全套的《水浒传》和《三国演义》。这对我后来看“字书”《水浒传》和《三国演义》，起了巨大的铺垫作用。但当时，我最喜欢看的还是《西厢记》《生死牌》《白蛇传》等，才子佳人、小姐丫鬟的浪漫题材的小人书。时间还没到“文革”，这些题材，还没成“封

《铁笼山》，田衣改编，徐一鸣、唐全枫绘画，上海人民美术出版社 1958 年版

《西厢记》，洪曹玲改编，王叔晖绘画，人民美术出版社 1958 年版

资修”。成年后，我看到过一个资料，原来《西厢记》《梁山伯与祝英台》《天仙配》等小人书，当年，都是为了配合宣传新中国的新婚姻法，而度身订造的。《婚姻法》竟然是新中国第一部法律，里面规定了“男女平等”“一夫一妻”。所以，1953年，人民美术出版社为配合宣传，出版了上面提到的这几本反抗封建、追求爱情的小人书。

《西厢记》的封面，是工笔彩绘。当然，这是很多年后，重新在《中国画报》上看到，才知道的。当时，却不知道，何为“工笔”？只是觉得莺莺小姐画得衣袂飘飘、典雅婀娜，用现在的话说，就是“神仙姐姐”。《西厢记》连环画的作者王叔晖，是工笔重彩画的一代宗师。她将仇英、陈老莲对她的影响，运用到连环画创作中。所以，她的作品，广为人知，影响巨大。幼时看小人书，并不知道关注作者，只凭感觉选取喜爱的小人书。成年后，从同样喜欢连环画，并一度收藏了大量老版连环画的大姐处，重新看到许多儿时热爱的小人书。竟然，里面大多数作品，都是王叔晖创作的，包括当时如痴如醉的《孔雀东南飞》《杨门女将》《木兰从军》等。在五六十年代，国内有许多著名画家，参与到连环画创作中，使得那段时期的中国连环画，种类繁多，而且涵盖了所有画种。我想，这对普及美术教育肯定有着很大的作用。比如，像我这样没有任何绘画知识的人，正是通过连环画，大致对中国式的绘画有了一知半解的了解。

前不久的一天，我看到电视上，有一个对蔡志忠的访谈。其中，提到大陆连环画作者，他评价甚高。据他说，以前，他对大陆漫画不了解。到了大陆后，才读到许多连环画作者的作品，据他说，至少有一二百位水平很高的画家。当别人问他与自己相比怎样时，他说，可能其中只有几十位，是他可以超过的；其他一百多位，他望尘莫及。

写文章的某天，我看到电视上，正播一条新闻：1950年版的《鸡毛信》，在一个拍卖会上，拍了三万多。而同时期的《渡江侦察记》，曾经拍到38万。《鸡毛信》的作者刘继卣和《渡江侦察记》的作者顾炳鑫，都很有艺术功底，被称为"南顾北刘"。刘继卣本来就出身于画家世家，30年代就是职业画家，办过个展。他画过《大闹天宫》《东郭先生》等。刘继卣画的孙悟空形象，与张光宇画的孙悟空，真是各有千秋。其人物设计、服装、画风、结构等，很多年以后，我都一眼能认出。2015猴年时，我看到一位设计师设计的一件服装，我马上看出那是用刘继卣画的原型。因为依然喜欢，我买下来送给了侄子。

听一位原来住在美协的朋友说："当时的连环画画家们，每天到单位上班。没别的事，就是画连环画。画到下班，回家。"日复一日，他们心静如水、勤奋多产。多年的艺术修养，全都倾注在连环画上面。朋友说，中华人民共和国成立时，毛泽东指示周扬："连环画不仅小孩看，大人也喜欢看，

《枪挑小梁王》，高梅仪改编，赵三岛、严绍唐等绘画，人民美术出版社 1958 年版

《挑滑车》，杨文编文，叶之浩、陶干臣、李福宝等绘画，上海人民美术出版社 1958 年版

《鸡毛信》，华山原著，刘继卣绘画，人民美术出版社 1971 年版

《渡江侦察记》，赵吉南改编，上海人民出版社 1975 年版

文盲看，有知识的人也看。”所以，文化部成立了人民美术出版社，还增加了连环画编辑室和创作组。在当时，连环画被当作艺术看待。连环画作者，也都是当年最好的艺术家。60年代初至“文革”开始，连环画达到了历史上最高水平。按照现在时髦说法，那才是真正的“艺术为人民”，真正的“大众艺术”，为全民所爱。

1975年，下乡期间，我和一位同学突发奇想，跳上一辆路过的汽车，前去荥经，看她的姐姐。荥经县城不大，窄窄的街道，十字路口是繁华地带。我们从那里经过，赫然看到：街角处，居然开着一家小人书店。1965—1975年，成都已经没有小人书店了。“文革”开始之日，即是小人书结束之时。因为，没有几本小人书，经得起“文革”风暴的洗礼。此时，属于“文革”尾声，“山高皇帝远”的荥经县城，竟然还有小人书店存在。我们不禁又惊又喜，立马扑上前去，入得店来，再也出不去店门。那些十年未见面的老小人书封面，扑面而来，就像花花绿绿，错错落落的老面孔，打着招呼，迎了上来。我们一屁股坐在硬翘翘平板板、依然是两边用砖头垫起来的长条木板上，好像时光川流回十年前，埋头一本接一本看将起来。看她姐姐的事，早已被丢到脑后。

那是我最后一次光顾小人书店。再往后，最偏远的地方，也都找不到小人书店了。代之而起的，是录像厅、K歌厅，这是另一个故事了。

杂搜录

不，我还是说说真实的状况吧。我不能像一些著名人物一样，老是说自己在一个黑暗的年代里，如何先知先觉。事实上，我们当时处在一个混乱的格局里，无法知道未来怎样，即便是明天，我们也不知道会是怎样。作为一个小学生，我们需要读到的东西，全都变成了禁忌。所有涌到我们面前的白纸黑字，都变成了可看之物，除了垃圾，还是垃圾。

1966—1967年之间，全国都开始了各种对本地省市机关的冲击和批斗。四川的省委市委机关，也很快瘫痪了，随之而来的整个社会运转也瘫痪了，学校停课了。那年，我妈生病，在家休养。晚饭后，我常陪她去散步。我们散步的主要街道，是文武路。在文武路与草市街的十字路口处，有当时算作“高楼”的成都旅馆和对面同样高的省商业厅，两栋楼都是五六层高吧。记得当时成都最高的楼，当数“化八院”，大约八层高。我小时每次途经时，都要快步走过，害怕其倒下来。因为，当时我刚从贵阳一个小城市搬到成都，在那儿，连三层楼都未见过。

话说两座“高楼大厦”——成都旅馆和省商业厅，其时，正被成都的两股革命势力：“红成”和“川大8·26”盘踞。一到傍晚，双方就开始例行“夜间广播”。大喇叭高竖在楼顶上，喇叭口对着敌对的一方。双方开场，都先念一段毛主席语录或诗词，以示自己的革命立场和忠诚。然后，就开始攻击对方为“反革命”，双方也都自诩为革命正宗。两处喇叭，吵作一处，倒也热热闹闹。我随时拎着一个小马扎，我妈走累了，就地一坐，一听就是半个小时。我是听热闹，我妈是从中搜集和筛选“阶级斗争新动向”。那一时期，政治舞台，风云变幻，民间政治舞台上，也有各种角力，且更扑朔迷离。“最高指示”，几个月才下达一次，老百姓其实不辨其中深意。像我妈这种还想弄清楚“革命形势”到底如何的人，不多。我妈经历了历次政治运动，次次蒙混过去（她也是富农出身），可谓过五关斩六将，也算一通关高手。想来与她时时敏锐捕捉革命信息，并私下加以判断分析，做出及时应对，是有关系的。

对应于“夜间广播”，白天的两座大楼外墙，也全都贴满了各种大字报和大标语。现在的人们只看到过西方国家里的涂鸦墙——比如我的朋友王寅，就在纽约著名的一座涂鸦楼前，给我拍了一张他最为得意的照片。但是，很少有人看到过“文革”期间，那些糊满大字报和大标语的墙，那也都是些黑白涂鸦墙啊！除了屋顶“成都旅馆”四个大字之外，这幢楼房浑身上下都是涂鸦，白墙上墨汁大字，好似为它穿了一件黑白打底的袍子，除了眼睛（那些因为要时时开窗通气的窗户，不能糊满）还能睁开之外；对面省物资厅大楼亦是。呵呵，那年月，也许只有生产墨汁和白纸的工厂，供不应求吧！

“看大字报”，在那段时间里，也成为我和我妈散步的内容之一。我妈看些什么，我至今不知道；而我，主要是看谁家的大字报“文采”好。大字报还有“文采”吗？呵呵，我想，对于当年那些高中或大学里的文科高才生们来说，这是唯一能够发挥出他们的文学潜力和作文水平的事业。所以，你要是仔细读读那些大字报，你甚至可以读出他们（那些隐形作者——因为大字报通常的署名都是一个革命组织或一些稀奇古怪的笔名，类似于现在的网名、微信名）喜欢哪些作家，什么样的文学风格。一般来说，模仿鲁迅先生笔风的，占大多数。鲁迅先生是“文革”期间，唯一被认可的逝去的作家。他的两句诗，“横眉冷对千夫指，俯首甘为孺子牛”，被毛主席引用过的，也享受如毛主席诗词一般的待遇。有许多革命组织，就取名“孺子牛”。再说，鲁迅先生犀利、刻薄、尖锐的风格，也格外适合用来批判和剖析反动派的不良用心和表面伪装。

1966—1977年间，图书馆都已关闭，各种书籍沦为“大毒草”，不能进入人们视野。我们读到的文字，除了“最高指示”之外，就是一些革命小报、各造反组织的大字报。那时，正值我刚刚掌握了文字工具之际，对文字，求识若渴。一看见白纸黑字，就会扑上来，通读一遍。这个时候，却无甚可读。学校的教材，自然是有害的，图书馆里的书，更是大毒草！民间流传的书籍，许多是1949年前印刷的，此时，家家付之一炬，唯恐留下祸害。白纸黑字入眼的，只有大字报了。这也是文字啊，聊胜于无。在铺天盖地的大字报中，扒拉扒拉，有时，也可扒拉出一些警句。通常都是大字报作者炫耀自己；或想引经据典压倒对方时，所采取的方法。我从中学到了很多警句，诸如“鸡飞得再高，也还是鸡；鹰飞得再低，也永远是鹰”“路漫漫其修远兮，吾将上下而求索”等等。记住这些警句的好处是，在整个初中的“八股文”中，我总会因出其不意地，使用一两句警句，在同班同学的作文中，脱颖而出，受到语文老师的赞扬。“文革”小报名称，也都很有时代特征：什么“风景这边独好”“千夫指”“井冈山”“山花烂漫”“六盘山”“从头越”。基本上，都出自毛主席诗词，不知是出于对领袖的崇拜，还是“不出错”的心理作祟。大字报内容渐渐也形成“文革”八股。先是引用领袖语录，一般的也与大字报内容搭上那么一点点关系，进入正题后，不外乎是宣讲“文革”精神，再阐明各派革命观点，然后是严厉驳斥“xxx”反动派观点，最后逃不脱一句：“把xxx打翻在地，再踏上一只脚，让他永世不得翻身。”双方的大字报其实大同小异，看上去却好似针锋相对。我大表哥当时是“8·26”组织的一个小头目，他长身玉立、风度翩翩，能说会道、才华横溢，是童年时我心中的偶像。有一天，他带我去他们组织的办公室。我在那里，第一次见到油印机，表哥就是在这台油印机上印刷他主编的《“8·26”炮声》。那天，表哥用铁针笔在钢板上，刻制传单内容，还在蜡纸上刻上一些小小的题花。最后，用油墨把它印出来。若干年后，我就是用这种油印的方法，印出了我的第一本诗集。

有一天，我跟着表哥去西南局。西南局在文武路的端头，是一幢淡黄色的西式建筑。坡屋顶下，有两根二人合抱的大柱子，小时候看着它们，不由的有几分发怵。当时，西南局是省委驻地，是四川“走资派”集中之地，也是“造反派”炮轰省委之重地。许多人天天聚集在那里，张贴大字报，散发传单。这一天，我们去的时候，有人已登上了西南局大礼堂的高楼，在上面喊着口号，下面的人呼应着。那人从屋顶上撒下印好的传单。我那时还小，礼堂的屋顶，对我而言，已经很高了。传单从天而降，被风吹向四面八方，下面的人们都去抢传单了。我也跟着，去抓空中的纸片。传单内容，其实大同小异。但因为那漫天飞舞的传单，竟与电影《青春之歌》中，让人热血沸腾的画面相似，也就莫名地觉得无比重要。我跟周围人一样，跳起来抓传单，用劲过猛，而布鞋跟，却被人踩住了。只听“嗤”的一声，鞋帮整个被撕开了。这可是我妈托人从北京为我买的北京布鞋呵，我心疼得大叫。可是鞋，已经无可挽回地撕烂了。我沮丧地扔掉传单，脱下北京布鞋，一手拎鞋一足赤脚，气呼呼地回家了，至于表哥和那革命场面，则早已被我抛在了脑后。

陪我妈逛文武路，跟表哥参加革命活动，培养出的这些爱好，使我也爱上了搜集“文革”小报。那时文革小报，都是免费派送的，有时也摆地摊似的，摆了一地。都是各革命组织，为了扩大影响，自己油印或铅印的，可谓最早的自媒体。一度，我收了一大摞，堆放在床底下，我哥常抱怨不止。他也曾问我收来何用，我也不知。只是，那年月没书可收，看到有文字的东西，也就收集到手，哄哄眼睛。那一大堆“文革”小报，后来，当然是我哥趁我下乡不在之时，将它们当废纸给卖了。否则，留到今天，真可以当反面教材用用，给那些不知道“文革”为何物的年轻人看看。当然，有些东西，也许真是可以通过基因和血液代代相传的。否则，很难说清为什么今天这些没有经过“文革”的年轻人，在网络暴力、媒体暴力方面，不输给前辈。甚至，连所用的语言和形式，也与他们相同。

除了前面所提的那些大小字报，我也收集过一些别的东西。只要是与文字有关的，当时，对我而言，都是稀罕的，值得一收的。

有一年，我已“上山下乡”，回至城里，正好碰上西城区图书馆淘汰旧书。我赶快前去淘书，淘了些什么宝贝，已记不清了。唯一还记得：收了《星星》从创刊号至70年代初的全套版本，一本不缺。书，不是按本数卖，是按斤称的，也就是卖废品的钱。彼时，也当宝贝，藏了起来。当然，那时可看的书不多，这套《星星》成为我阅读新诗的开端；许多1949年以来的新诗，都是从那上面读到的。可以说，我正是在这一套《星星》里认识了新时期以来的那些著名诗人的。比如阮章竟，他当年脍炙人口的叙事诗《漳河水》；比如郭小川，他的《甘蔗林——青纱帐》；比如流沙河，他当时被点名批判的《草木篇》，我也是在这套《星星》上读到全篇的。而且，《草木篇》是发表在1957年《星星》的创刊号上。那首小诗，在今天的人看来，不但没有“毒”，反而满满的充满了“正能量”，就像流沙河本人所说，是写“革命者的人格”的。但是，由于革命需要，它变成了大毒草。流沙河当时二十多岁，他的一生，就因为这首诗，发生了至关重要的变化。

这套《星星》，一度也被塞进我哥的床下，因为此时的我，已下乡到新都，家中已无我的一席之地。所以，一如既往，它们后来也莫名其妙地散失了。

综观我这一生的几次“大收藏”，可以总结出来：我并没有收藏家的素质。皆因我爱收不爱藏，好奇心一过，便对藏品听之任之，随其消散。也因早年，居无定所，又兼上山下乡，不知归期几时许。所以，无法置放收藏的“渣瓦”（成都话：无足轻重的东西），那些看上去无足轻重的东西，最终，全都被家人扔之弃之了。否则，那些当年的“渣瓦”，留到今天，我也能摇身一变，成为樊建川那样的大收藏家了；或者，也能以这些“渣瓦”藏品，开一个二手书店。

禁欲时期的爱情

1976年，我高中毕业了。我们是“文革”后恢复的第一届高中生，许多人以为，我们就此可以考大学了。那些有上进心的同学，早就在为这个目标做准备。像我这样浑浑噩噩混日子，成天请假往农村跑的人，绝对没有。但事实证明，我的消极，是有道理的。毕业来临，我们知道了，政策不变，我们每个人都要面临“上山下乡”。

这对我，并不是什么坏消息，可以说，在高中的最后一年，我是迫不及待地等着下乡。我没有我的同学那种离开城市就如丧考妣般的悲痛，更没有另一些同学那种远大志向就此被埋没的怨恨。

我们的排长，他仅仅比同班同学大一岁，但好像他比我们大了整整一代。他一直在努力，一心就想考上大学，所以想方设法地装病、托人走后门，终于以重病为理由，留了下来。顺便说一句，整个高中期间，男生女生是不能在一起成双入对的，只要一男一女在一起多待一会儿，闲言碎语马上满天飞。弄得大家也一见异性，就马上作端庄相。只有我们排长，一直与副排长（女）公开地花前月下，傍晚午后，在一起谈心。以“谈工作”为名义，一直谈到毕业后开假条之际，大家才发现他们俩谈的是恋爱。而且谈到最后，二人都谈出病来，双双地留在了成都。真相大白后，一向把排长当成精神领袖的那些男生，气得都与排长绝了交。而排长和副排长，忍辱负重几年之后，双双考取了重点大学，后来，又双双出国去了美国。野心和爱情、成熟和独立，加上成功地把握住机会，使他们成了高中班上最有出息的一对。

我相信在那段秘密谈心的日子里，是早熟的排长启发了副排长的爱情和上大学的野心，他们的每一次谈话，都在向这个计划奋进。这是另一段禁欲时期的爱情，也值得大书特书。但是，由于我高中期间，经常请假去梨花沟，此中的许多细节，也就无从知晓。

我积极地争取下乡，不是因为我有多么进步。梨花沟给了我最理想主义的想象，我从来就没觉得下乡是一件痛苦的事。恰恰相反，我觉得这可比上大学有意思多了。它几乎就是一件浪漫的事。我甚至也没觉得这中间的城乡差别，在我看来，梨花沟的人，过得并不比城里人差。那时，城里人吃肉还要肉票。一个月一人才一斤肉票，农村人的肉吃不完，还可以卖给城里的人呢。再说，我那时与家庭有着很大的冲突，我巴不得赶快离家出走，到广阔天地去，那里意味着自由。

当然，我没能去成另一座“花果山”，而是去了近郊的新都县。比起梨花沟，我下乡的地方乏善可陈。新都县的农民，那时，已经富了起来，心里都打着各自的小九九。看着下乡的知青，他们已经看到知青后面的城市资源。他们对知青的态度，与梨花沟完全不一样，有着一种互利互惠的、充满民间智慧的方式。而下乡到这儿的知青，也都各怀鬼胎，一心想着“争表现”，为的是早点离开农村。因此，同大队的知青，也都互相成了竞争的对手，并没有想象中的知青中相互的扶持和情义，而是互相防范，表面团结。

梨花沟那种与世无争的陶渊明式的生活，在这儿，一点都看不到。我们需要每年挣上足够的工分，才能买足第二年的粮食。为此，我每天都在算工分。早晨天没亮，我就跟着老乡去砍莴笋，霜冻的早晨，手指都快冻掉了。大战红五月时，我连着三晚没睡觉，在抱着麦穗，走向脱麦机的一百米的路上，我就能连打两个盹。

梨花沟知青那种大集体的感觉，在这儿，也一点也没有。我感到沉闷和孤独，大多数休息的时间，我都用来阅读。后来我常常想，如果我也下乡到梨花沟这样的地方，我可能会像傅天林一样，成为一个果园诗人，绝不可能在多年后，写出《静安庄》。

1976年，“四五”运动在天安门广场爆发了，我还记得在成都的天府广场，也有人贴出“四五”运动中那些激动人心的诗词。我在“文革”期间，就养成了看大字报的爱好，不是看其中的内容，是看谁的文采好。当我读到著名的“我歌豺狼笑，扬眉剑出鞘”时，我被极大地震撼了。

“四五”运动被镇压了，我最关心的是：写出“扬眉剑出鞘”这首诗的人，后果怎样？很快，各种小道消息传来，说此人被枪毙了。直到今天，我也不太相信。

过了没多久，我上了大学，那是一所工科大学。我们班的人，人口混杂，最大的年纪已有三十七八，最小的只有十五六岁；最远的来自内蒙古、辽宁，最近的就是本校子弟。我们班的阶层也很复杂，最多的是些高干子弟，其中有一位还是成都市市长的公子。最少的，是来自偏僻的，我都未听说过地名的山区农民。真是我们都来自五湖四海，为了一个共同的目标，走到了一起。

上学的第一天，老师就交代了学校的政策：上学期间不许谈恋爱。违者会被处分甚至于开除。都上大学了，还不准谈恋爱啊。我估计年龄大的同学都得倒吸一口冷气。但是，政策就是政策，政策不会去掉一个最高分，再去掉一个最低分。政策就是要把这个“最”字格式化，让其成为普适真理。

大学学校里，不可能再办学习班了。但是，老师也还是常常对个别学生，办一些小型学习班，教育他们以学习为主。而大部分同学，考虑的都是实际问题，还有一些个人的小算盘。比如留校啊，农村来的学生，还希望学校能分配好一点的工作呵，等等。所以，大家对老师也都很尊重和服从。

我们的女生宿舍，是八个人一间房，上下铺。桌子正中，是两张拼在一起的书桌。吃饭和看书，都只能有一半的人坐在桌上，另一半的人，坐在床上。每个人的空间，就只有一张床。我们班外地女生占了一大半，她们的行李和箱子，都没地方放。

宿舍里有两个上海女生，她们俩的生活习惯比较相仿，人也合得来。平时，大家在一起聊天，她俩会突然改说上海话，我们就知道，她俩正在说什么不想让我们知道的秘密。到食堂打饭，她们也一起去。上海人很会扳着指头过日子，她俩把各自的饭票放在一起，买饭的时候，荤素相间。上海人胃口小，还可以节约一些饭票。到月底，她俩又把多出来的饭票，卖给了班上另一位上海男生。那时，我们的生活补助费只有十四元，全都折成了饭票。饭票卖出去，可就变成了现金、变成了零花钱。十四元的饭票，对男生就不够了，尤其是肉票，只有一斤，男生更是成天都痨得慌。所以，肉票也开始在男女生中间交换了。当然，有的时候，交换的是现金，有的时候，交换的是体力；视双方需要和经济程度而定。

一天，两个上海女孩中的一个，把她的上铺拾掇干净，把二人的行李往上一放，再把蚊帐往下一放；两人就挤在一起睡了。在中国的70年代，人们脑子里面从未有过同性恋这个词。大家的意识都纯真洁净，两个女孩再好，也好不到那个“恋”字上去。一男一女，睡到一个床上，那是要经得起检验的；二女或二男，睡到一张床上，天经地义，没人会说半个“不”字。我记得七八十年代，旅馆都是二人间或多人间，男人和男人住一间房，也是天经地义。女人若想和男人住一间房，就麻烦多了。首先得有介绍信，然后，还得有结婚证。否则，想也别想。

总之，同班的女孩们突然发现：这是一种很好的生活方式。在这大学四年之中，可以有一个人陪伴你；生病了，会有人照顾。上晚自习时，有人帮你占位置。情绪不好时，有人倾听。周末有人一起去看电影；不是爱情，胜似爱情。因为，还可以公开的肩并肩，甚至手拉手（视这二人的肉麻程度而定）地走在一起，不会担心老师办学习班，不会担心受处分，也不会担心毕业后，影响分配。

于是，好像一场疫情，女孩们快速地成双配对，寻找着爱情的替代品。而且，越到后面越恐慌，因为，别人都配对完了，自己还孤独着，那绝对是可耻的。最后的两三对，几乎是在迫不得已的情况下，胡乱凑合的。总算有一天，我发现全班十八个女生，一个不落地配成了九对。我也不例外，几乎是毫无争议地就被本地一位女孩，主动地将我与她配上了。其方法，可以教一下那些有了意中人，还未成功的单身女孩：某一天起，我回到宿舍，发现我的饭盒被那位女孩拿走了，不一会儿，她就从食堂打回了香喷喷的饭菜。等我吃完饭后，她几乎是抢过我的碗来，冲到水池洗碗去了。在享受了多次“田螺姑娘”的“柔情蜜意”之后，一向懒散的我，终于被“征服”了。尽管我一直不是个肉麻的人，但还是皱着眉头，由她挽着我的胳膊，在学校里招摇过市。不过，由于我俩都是本地人，下午下课后，就各自回家去了。所以，“田螺姑娘”的享受，也就限于中午。

九对女孩配完后，总算太平无事。我后来常常想，幸亏班上女生是双数，如果是单数的话，还不知要闹出什么事来。从那时开始，班上的女生都是出双入对的。上课时的座位，也自动地调在了一起；复习时，两个女孩头挨头，窃窃私语。男生想要插句话，不是那么容易。当然，在周末的时候，也有男生邀请女生去看电影的，但一邀请就是两个。更多的时候，闹不清楚谁是谁的“电灯泡”。一天晚上，下雨，一个男生主动要借给我雨衣，后来我发现，他实际上是要借给跟我在一起的女孩。还有一次，我被一位女同学“盛邀”到峨眉山旅行，到那里之后，才发现还有一位男生同行；回来后，班里已经“盛传”他俩的绯闻。到后来，“乱花渐欲迷人眼”，“二人行”有时变成“三人行”或“四人行”，男生们走马灯式地与女生“友谊”过来，“友谊”过去。但始终不变的，却是两个女孩的组合。

上面这九对女孩的故事，今天的人看了，肯定以为是我编的，是为了搞效果。但事实上，这些全都是真的，里面的故事多了，要写，可以凑成一部长篇小说。可惜，我从来不记日记，记忆力也日渐衰退，记住的，只是这些事情的轮廓和大背景。那些轶闻趣事，全都随风消逝了。

终于，生活和学习，都翻过了70年代这一页，我们毕业了。在毕业和就要离开学校之际，我们班的男女组合，突然发生了巨变。九对假凤虚凰中，起码有一半，这时公开和某位男生出双入对；公开地和他肩并肩甚至于手拉手（也视这二人的肉麻程度而定）地走在一起；和他在公共食堂中，同在一个饭盒里吃饭。现在，开始能够看到他们和她们的组合：哦，原来是这样。让我疑惑的是，他们到底是在何时何地，使用何种手法，成功转型？看来，我不在校的那些夜晚，在这些貌似双胞胎进进出出的背后，其实一直是暗潮涌动呵。而那位一度与我同坐同行的女孩，也在毕业不久后，飞快地、正常地结婚生子，与我渐离渐远。

呵呵，禁欲时期的爱情，如同战争时期的谍战一样，都有自己的一种方法，那就是：明修栈道，暗度陈仓。禁欲时期的恋人们不用人教，全都深谙此道。

1978 年，四对女孩儿在大学校园

小费同学拍摄的峨眉山之旅

青春无奈

我的整个70年代，都与一位朋友有关，所以，这篇文章与其说是写70年代，不如说是怀念一位朋友。怀念我和她几十年前的友谊，怀念我在生长期中，与她一起度过的尴尬岁月。

回顾整个70年代，我发现自己的生活，并没有什么值得写的大事。四川在历史上，就是一个山高皇帝远的盆地。启蒙的星星之火，烧到成都来时，已经慢了半拍。成都也没有那么多的高干子弟，能够通过特殊的渠道，搞到那些内部出版的白皮书和政论书，使那些有近水楼台之便的人，率先得到精神上的洗礼。我那些年的书籍供货渠道，是一个同学的父亲。他是一个收荒匠，在“文革”期间，收了很多“文革”前，甚至1949年前出版的书。但是那些书，大多是描写才子佳人的古代作品，或者西方18、19世纪的爱情小说。至于现代文学的扫盲，那都是在我大学毕业之后。读到像《今天》这样在当时全国校园中已经广泛流传的先锋文学刊物时，已是我工作一年多之后。整个70年代，在我的生活里，除了这些不值一提的阅读生涯，剩下的，不过都是些“女儿家情态”，更加不值一提。及至动笔，我才发现，这些“女儿家情态”，也是那个年代的特殊产物，记下来，也能从中看出：在一个轰轰烈烈的大时代底下，暗潮涌动。

发育的烦恼

程莉比我大两岁，正在读初三。她住在我家隔壁。当我从贵州搬回成都，搬到这家老公馆时，她是院子里的小孩中，第一个引起我注意的。程莉个子中等，身体其实凹凸有致，但是，在那个年代，它被巧妙地遮蔽了。不过，它又若隐若现；靠的是她虽不能穿高跟鞋，但犹如穿了高跟鞋一样、昂首挺胸的步态。我那时也已开始发育，与她相反的是：我每天诚惶诚恐，如临大敌，恨不得将自己身体上凸出来的部分，一巴掌摁下去。当然，这做不到。于是，我就只能成天垂头丧气、耸肩缩脖地低头走路。这养成了我日后前倾45度、埋头走路的坏习惯。多年后，这习惯导致我颈椎后面，突出来一个让谁摸一下都会吓一大跳的骨节。由此引起的颈椎病，就不必去说它了，我曾有诗为证。

那些年，处于成长期中的我，之所以活得如此尴尬和卑微，当然是与那个年代的风气有关。现在的女孩听说这样的故事，打死都不会相信。70年代前期，也就是我进入了初中，并且发育迅猛的时候，学校里弥漫的是昂扬的革命斗志，和中世纪式的禁欲风气。“发育”，是让女生们十分懊恼，但又不得不面对的事。“发育”二字，是万万不能说出口的，说出来就是秽词淫字。记得有一天，上生理卫生课，正好讲到了女性的生理卫生期，全班女孩的头都恨不得钻到桌下去；全班女孩的表情，好像都在说对不起。男生们倒是全都兴奋异常，脸上全都绷着；嘴里，却都在传递着一个如同暗号式的数字——“第49页”；老师则毫无表情，照本宣科，一字不落地将第49页读了一遍。下课铃终于响了，女生们如释重负，男生们大失所望。现实中也是如此：我们就这样秘而不宣、偷偷摸摸、诚惶诚恐地度过了第49页所描述的女性青春生理期。

我和程莉就读的是本地中学，但我两人都是北方人。相对于成都人，我们长得又高又大；且比成都女孩发育领先3至4岁，这让我们在学校里总是受到指指点点。现在被称为“太平机场”（成都有这样一座小机场）的平胸，在那时，可是让人羡慕的身材（这身材似乎先天就是革命的）。而发育过早的女孩，则采取与现在隆胸相反的方法，像后来上演的电影《小街》里的女主角那样，把自己的身体残酷地包裹起来。

由于耻辱的“发育原因”，我还被剥夺了参加校宣传队的资格。这样的剥夺，与“黑五类”子弟的待遇，几乎一样。未发育的女生，挺起骄傲的、童真的胸脯，奚落着早熟女孩的落选。我还清楚地记得（因为耻辱总是让我们的记忆最清晰），有一次，年级里排演《草原上的红卫兵见到了毛主席》。这个节目，我从小就在大院里，与程莉她们练过多次。那一手叉腰，一手作挽缰纵马状的舞姿，我是蹦跳自如。但是，排练完毕，工宣队员们在一边，嘀咕了一阵；然后把我叫过去，东说西说，说了半天，意思是“出于革命需要”，这个节目中，我的角色换作别人了。为什么啊，我心里无比委屈。我清楚，别的女孩绝对没有我跳得好。但是，在工宣队员支支吾吾的理由中，在同学们闪闪烁烁的眼神中，我一下就明白了原因。我拿起了扔在一边的外套，带着含羞受辱的自卑，逃离了现场。

那时节，江青正在搞革命样板戏的实验，全国上下都掀起了普及群众性革命文艺活动的高潮。在学校，每个学期，都有一次会演，由各个年级出节目，最后在全校表演且评分。有一次，我们年级准备表演朝鲜舞蹈《延边人民热爱毛主席》。在排练过程中，同学们支支吾吾地在一边议论，闲言碎语，传到了我的耳中。当然，传到我耳中的话，已经变得柔和了一些，说我个子太高，不适合在其中表演。但是，我从小受大院里一位战旗文工团的阿姨指点，舞姿算是正宗。把我撤下来，可能众人都于心不忍。最后，一致通过，由我领舞，扮演阿妈妮（也就是老大娘的意思）。那意思很清楚，我不必像她们那样，将自己的短裙提到胸口处，再别一个蝴蝶结，扮成朝鲜族姑娘。我得将自己的一件白衬衣，一条裙子，改缝了半天，制作出一件“大笼大挎”（四川话：松垮垮的）的、朝鲜老大妈可能这样穿，也可能不是这样穿的“朝鲜服”。最重要的是不得有腰身。另一次，全班大合唱，我被换到后排，跟男生站在一起，只露出一个脑袋来。高中时，我们排演一个舞蹈《各民族人民团结起来》，我虽然被安排了一个角色，但似乎全民族的服装，都不适合我。最后，在“民族”之外，增加了一个解放军角色，那一身不分性别的军装，终于掩盖住了我的女性身份，大家似乎都松了口气。

相信是同样的原因，程莉也没有能被吸收为“校宣”（学校毛泽东思想宣传队），尽管我俩都酷爱跳舞，并且跳得很好。在那时的中学，有“班宣”“排宣”“连宣”，而“校宣”就像现在的“名模”一样，是女孩们所向往的。它代表一种时尚，一种那个年代特殊的红色时尚。“校宣队员”无论男女，在学校都是令人瞩目的，也是引领风潮的。在当时，“校宣队员”这个特殊名词，偷偷地取代了“校花”的概念（尽管它已被抹去了性的特征）。

不能上台跳舞，使我的兴趣转向了体育。我很快就迷上了篮球，并立即发现了自己的运动天赋，成了全校女生中的篮球女王。北方人的长处，得以充分发挥，身高和速度，使我在全校的篮球赛中，处于“东方不败”的位置。

但是，发育的烦恼，仍然跟随着我们。篮球队的女孩都发育健康，穿上球服，让我们看起来更加成熟。每次比赛，男生们都聚集在篮球架下，不怀好意地鼓着掌。这让篮球队的女生们，缩手缩脚，很多时候，球在中场传来传去，大家都不愿意三大步上篮。70年代的中学女孩，没有电影《美国美人》中，那些啦啦队女孩的骄傲，有的只是革命的禁欲意识，和身体不听指挥的耻辱经验。这让我练就了一手三米圈外准确定投的绝活。

程莉自始至终地热爱表演，哪怕在我们的大院里，她也要跳舞给那些比我们小很多的女孩看。并且，她把她们都聚拢来，成立了一个宣传队，每天乐此不疲地排练。

我不知道：我和程莉在性心理成熟度上，谁更成熟一点？因为，我意识到了性，并以为羞耻；而她，浑然不觉。她继续地昂首挺胸，旁若无人，脚踩虚拟中的高跟鞋，走得风情万种而不自知。我则小心翼翼地走路，夹着尾巴做人，对旁人的指点和议论，敏感到一种病态的地步。我总是穿一件我妈的宽大衣服，以隐藏自己的生理特征，而程莉，却总是想方设法让自己的服装“合身”，不经意地露出身段来。比如，我总是要在毛衣外面穿上一件外套，而她，总是单穿着一件套头薄毛衣，就这一点点，造成了程莉的与众不同的“气质”。而且，她还想方设法，在当时千人一面的服饰上，制造出一点点与众不同来。后来有一阵子，街上流行穿蓝色工装服，她总是用硬木刷把工装服刷得透白，与别人颇不一样。后面这个细节，在日后与贾樟柯合作剧本《二十四城记》时，我贡献出来，用在了陈冲扮演的厂花上。

也许正是这种不同，让我和程莉成了密友。与她在一起，我感到一种安全感：毕竟，我俩差不多。和本地女孩在一起，身体上的差异，总让我不安，甚至养成我自卑的习性。

有那么几年，我们俩好得像姐妹一样。除了白天上课，晚上睡觉之外，别的时间都腻在一起。程莉在文化宫中学读书，与我的学校离着两站地。那两年，她天天一下课就到学校门口来接我，然后与我手挽手回家。我们班的同学几乎都认识她。那两年，我们俩不但衣服穿得一模一样，发型也梳得一模一样，个子高矮也差不多一模一样。可以说，我们刻意要打扮成双胞胎模样。与程莉在一起，我也壮了一点胆色，背也稍挺了一点，下巴也略微地抬了起来，模仿她的目中无人。走在大街上，我们俩是那样的引人瞩目，用现在流行的话讲，就是酷毙了。

回家后，我们在程莉的“闺房”里厮磨相守。说“闺房”，实际上就是一个楼梯间，只有五平方米左右，刚够放一张小床和一个床头柜。在那个年代，小孩子有一个单独的房间，太奢侈了。我们俩总是躺在她的小床上，没完没了地聊天。

不久，发生了一些奇怪的事，这些事情，长久地困扰着我。

一天，我与程莉去和平电影院，看《红色娘子军》。和平电影院的售票处人山人海。那些年，有一部电影看不容易，何况是人人皆知的电影版《红色娘子军》。那里面有人见人爱的洪常青饰演者王心刚。现在想起来，当时在我们眼里，洪常青在电影里的角色，与“女儿国”中的贾宝玉差不多，总是被女人围着。他对女性的尊重和同情，以及对琼花若有若无的那么一丁点儿暧昧（通过王心刚的眼神顾盼和那些顾左右而言它的革命话语，表现了出来），使得电影版的《红色娘子军》，有了一点人性的色彩，也使得王心刚成为“文革”时期女孩的偶像。

话说，当时我和程莉看见电影院的阵仗，心有不甘。一心想要买到电影票，我们一左一右地从人群的两边往窗口处挤。没有经历过“文革”中抢购的人，绝不会想象出这种状况：男男女女、老老少少，全挤得人挨人，有人从后面扑到前面人的肩上，抓住售票处的铁栏杆，买好票的人，因此也挤不出来，只得低下头，从那人身下钻出来。我们从小就去挤买抢购各种各样的物品，早已有了经验，仗着人小，从两头紧贴墙壁往里钻，是屡试不爽的方法。

但是，人多，也就有浑水摸鱼之人。我正接近售票窗时，突然人浪像退潮一般散了开去。又听人群中喧闹起来，后来才知道，革命群众扭住了一个耍流氓的人，把他扭送到了派出所。而被耍流氓的，正是程莉。我还没反应过来，程莉也被送到派出所去，录了一通口供。回来后，程莉被耍流氓的事，很快在院子里传开了。大人们如何反应，我不记得了，只记得在这帮小孩中间，程莉一下变得神秘和不可捉摸起来。那时，还没有魅力这个词，但是，程莉在我们这些孩子心中，一下变得比她原有的形象，更漂亮了。大家一致认为：她，是我们大院子里面最漂亮的。而且，隐隐地，也觉得她与我们不一样。不是吗？怎么没有人对你们这些小孩耍流氓啊？

没过多久，新的“流氓事件”又发生了。一天傍晚，程莉从外面回来，走在我们大院长长的甬道中。一个住在街上的男孩，从黑暗中蹿出，拦住她的去路。那男孩摸出一张纸条递给她，又对她说了许多乱七八糟的话。那时，天并不晚，也就八点多吧，因为心慌，也就以为是深夜了，程莉拔腿就跑，回到家后，气喘吁吁地把纸条塞给了她妈。程莉妈妈为了怕她再被骚扰，找到我，嘱咐我以后进出都与程莉一道，免得被“小流氓”乘虚而入。

有一天晚上，其实并不太晚，十点来钟吧，程莉在家里睡觉。突然一声大叫，把我们全都吓醒了。叫声从程莉家传出来，我们都跑了过去。原来程莉睡得懵懵懂懂时，突然看见她的窗口上，趴着一个人。当然，肯定是一个男人，不会有女人半夜三更趴在别人墙上的。

这下全家人吓坏了，程莉也吓坏了。她就要求我与她做伴，程莉妈妈也动员我过来与程莉同住。

高光进与松林大队宣传队

高先进正在指挥大合唱《重上井冈山》

闺密程莉在自己家中

程莉和朋友苏娅在锦江河畔

那天之后，我晚上也住在程莉的小屋。我们同吃同住，比平时又要好了几分。事情发展到最后，连白天睡午觉，我们都挤在程莉的小床上。此外，好几次的流氓事件发生，使得院里的流言蜚语也多了起来。几位居委会阿姨就在后面嘀咕，说程莉在大院女孩中，挺风流的。

一天中午，我妈四处找我，到程莉家一看，我俩正躺在床上呢。我妈一看就发火了，把我拖起来就往家走，嘴里还嚷嚷着："以后不准去程莉家睡觉了。""为什么啊？"我想不通，也对着她嚷嚷。我妈大叫一声："再这样下去，你们会成为同性恋的。"什么？同性恋？这个闻所未闻的词，如电光石火一样击中了我。我的好奇心大增，非缠着我妈说清楚不行。我妈一看自己说漏了嘴，就再也不往下说了。

我妈妈1949年前是著名的西医医生，也许从西医和西方伦理角度出发，她对我和程莉这种假双胞胎心理，有一种警惕。程莉母亲却是一个苦孩子出身的女军人，她做梦也想不到世界上还有同性恋这种事情。她只是心疼宝贝女儿，所以，一直喊我去陪程莉。当然，我妈坚决不同意。

在那之后，程莉就变成了一个多愁善感的小姐，就住我隔壁，还老给我写信。当然，内容都是关于我们二人的"革命友谊"，信中充满了海枯石烂不变心的一些誓言。并且，每次见我都泪水涟涟的，老是央求我继续陪她住。而我，由此也发现自己是个铁石心肠的人，尽管有时我也想挤点眼泪出来，以证明自己的友谊一点也不逊于她。但每次都失败了。

现在看起来，程莉不过是一个早熟的女孩，性意识觉醒得比我们都早。可是，在70年代，在中学，早恋有一个代名词就叫“流氓”。不管男生女生，只要谁谈恋爱，谁就是流氓。当时成都的中学，每年寒暑假，都要办一个学习班，人称“操哥操妹学习班”。学习班成员都是学校里那些早熟的、正在谈恋爱或者有“资产阶级思想”的学生（后者包括虽未谈恋爱，但喜欢穿着打扮的女生），也有不服老师和“工宣队”管教的学生，一律地被称为“操哥”“操妹”。“操”在四川话里就是流氓的意思。我的好朋友小春，就曾经在学习班里待过，但她不是“操妹”。相反，她是正面形象。虽然貌美如花，但她情窦未开。因此，被当作正面典型，成为学习班的看守。这是因为，被送进学习班的学生，整个假期是不能回家的，都必须住在学校，要有人看守，其实就是变相劳教（现在那些早恋、网恋、师生恋的孩子们有福了）。

程莉在学校一直是三好生，是又红又专的苗子，还是年级的副排长（当时成都中学都是军队编制）。程莉的革命日记还在学校展览过，我还亲自去参观过，虽然，我不太相信她那些“狠斗私字一闪念”的活思想。

显而易见，程莉的活思想是经得起检验的，有革命日记为证。但程莉的潜意识是否也经得起检验，因为当时还没有心理医生，所以，无人知晓。

但是，我隐隐地觉得，程莉的潜意识很活跃，而且，正以各种不同的方式表现出来。这些潜意识在当时，不可能是针对男生，这一点，程莉可能连想都不敢想（想了都是女流氓，都要被送进学习班）。她只是盲目地按照潜意识的指引，把青春萌动期里那些多余的激情，在对女生的“友谊”中，一点一点地消耗掉。

幸亏，很快程莉就毕业了。按照政策，她必须下乡。程莉母亲再怎么疼爱女儿，也只能让她去。程莉下到广汉的连山公社，那是川西平原的一个富庶之地。若干年后，四川搞改革，选择的就是广汉。

广阔天地的自由

程莉下乡后，我常常收到她的信，信中仍然充满了多愁善感的语言。除此之外，看来程莉对她插队的地方，还很满意，她在信中描述：连山松林公社，是个花果之乡，盛产苹果和梨。的确，三十多年之后，从成都到广汉修了高速公路，连山就成了有名的度假之地。每年梨花盛开的时候，成都人大量地涌到那儿，去看梨花。

程莉除了用洋溢着诗情画意的文笔，描写梨花沟之外，每封信都在邀请我暑假时，去她那儿玩。到后来，这些信中，渐渐有了央求之意。我那时的兴趣，已从篮球转到了诗歌，准确地说，是诗歌写作。在刚进初中时，我就开始爱上了诗歌，最初的启蒙就是《唐诗三百首》。在程莉下乡那段时间，我已经热火朝天地开始“原创”诗歌了。题材当然脱不了“文革”末期一片大好的革命形势，但是，我已经开始在里面注入一些不显山不露水的“小资产阶级情调”。比如，歌颂大自然之美，里面也掺杂了一些古代山水诗的意境。

程莉关于花果之乡的华丽辞藻，终于也打动了我。于是，放假时，我以去花果之乡买水果的理由，打动了我妈。那时，城里的水果很少，且贵得惊人，而乡下，由于交通不便，水果根本就卖不出价来。我就像一个跑差价的小贩似的，拎着一个编织口袋，去了广汉。

从广汉到连山，有四十里路。第一次去，是程莉到车站来接的我，我们换乘了一辆破公共汽车，又搭了一段拖拉机，然后改为步行。这一段路，后来成了我经常走的地方。我坐过汽车、三轮车，也拦路搭乘过陌生人的大卡车（那时也不知害怕，也没听说有什么坏人要暗算你），还跳上别人的自行车后座，行过一程。总之，就差农民赶场时推的鸡公车（一种四川独有的独轮车，据说就是诸葛亮发明的木牛流马）没有搭乘过了。

梨花沟是一个丘陵地区。程莉的生产队就在半山坡上，从山脚一路缓坡地上去，很有层次。路两边都是果树，有梨树、李树、苹果树，有杏林、橘林、气柑林，我简直觉得到了孙悟空的花果山，缺的就是水帘洞了。进到村里，农民们正在吃晌午饭，他们许多人都站在院子中吃饭，房子都是矮墙隔断的。所以，他们边吃饭边与邻居隔着矮墙聊天。看见程莉和我走来，他们都与她打招呼："家里来人了？"程莉说："我妹妹来了。"程莉和我早已不再作双胞胎打扮，但应程莉的要求，我们姐妹相称。按照程莉的主意，她是想要我和她拜金兰、换帖子，正式结拜。我没同意，觉得做作，为此，与她怄了两天气。

程莉的房子在村子中央，整个房子都被橘子树给遮住了。与那时的知青一样，她和另一个女孩住在老乡家，在侧厢房。与程莉同住的女孩姓陈，我们叫她小陈。

天晚了，程莉和小陈就在屋里的老灶做饭。两个人仍然用的是二三十人都够用的大锅，一丁点可怜的白米和玉米在锅底跳着，看起来连巴锅都不够。老灶的上方，是一根很粗的麻绳，吊着一个炊壶在灶口，烧火时吐出的火苗，一会儿就将它烧开了，真够环保。麻绳和炊壶，都被烟熏得黑漆漆的。但是，不知为什么，我并没有觉得不干净。炊壶里烧出来的水，还有一股烟香味。

晚上，我们吃完饭，靠在床头聊天。程莉突然起身推开窗，隔壁院子里的一枝橘树，摇摇曳曳地伸进来，上面挂满了红橘。程莉摘了几个下来，扔给我。我吃了一惊，说："隔壁的老乡发现了不会骂你吗？"程莉撇撇嘴："谁稀罕啊，你以为多值钱啊。”小陈告诉我，这儿的水果太多了，也运不出去。小年还好，大年简直泛滥成灾，只能卖给附近的场镇，卖不了多少钱。

第二天，一场懒觉，快中午了才起来吃饭。现在是果树结果的时候，生产队根本没事干。本来四川农村就是人多地少，哪来那么多的农活呀。知青下乡来，就是抢农民的饭碗。只是，看在每个知青都有五百块钱安置费的分上，老乡们也就算了，因为，五百块钱，可不是个小数字啊。大多数知青都被安置在老乡家里，安置费就可以省下来给生产队添置一些机器了。

下午，程莉陪着我到处去转，这儿风景宜人，民风淳朴。十里之外的人，都互相认识。

程莉说晚上有人要来，给我们“唱黄歌”。“黄歌”在那时是有特指的——所有与爱情有关的东西，差不多都被加了一个“黄”字。爱情与下流的一步之遥，就是这个“爱”字，是否说出口。所以，那时的“黄歌”，其实就是现在的爱情歌曲。“文革”后期，不像前期那样气氛紧张，虽不能公开，但在知青当中，已然开始流行唱“黄歌”。这几乎是寂寞的知青生活中唯一的娱乐——又是一个让如今的小年轻们笑掉大牙的事。

晚饭前，有人来了。此人的到来，让我吃了一惊：远远的，只见来人身穿一件洗得发白的旧军装，这倒没啥稀奇的，那时，人人都作此打扮。关键是，他外面披了一件簇新的、挺括的毛呢军大衣。他并不把它穿在身上，而是披着，像电影里的首长一样。来人个子不高，但胸脯挺得比程莉还高，这让他走起路来，很有气度，还真有些像首长的样子。走近了一看，只见他高额、阔眼、方脸、剑眉。让人注目的是他的头发，不像当时的年轻人一样，乱七八糟地竖着；而是精心地拢在后面，像一个大背头，锃亮锃亮的。他手上，还拎了一把二胡。二胡照说与这毛呢军大衣配着，有些不搭调。但此人拎着，倒有点理直气壮的和谐。总之，一眼看去，他与众不同。

程莉给我介绍，这是高先进，是另外一个生产队的知青。及至高先进开口，又吓了我一跳：一口纯正的普通话。

高先进自我介绍，他是徐州下来的知青，下来一年了。

“为什么会到这么远的地方来落户呢？”我问他。

他回答道：早听说四川是天府之国，父亲怕他下乡吃苦，所以，托亲戚把他弄到这儿来了。

一阵寒暄之后，我们开始做饭。高先进自告奋勇炒菜，让我没想到的是，高先进的厨艺如此之好，如此之考究。在那样粗陋的就餐环境中，他还不忘把大葱切成一朵花，装饰在土碗边沿上。

洗碗时，程莉告诉我，高先进与她，现在都被选为公社宣传队员，正在准备会演的节目。今晚，她特意请高先进过来唱歌，是为了用“黄歌”招待我。那时，全国人民的伙食都一样简朴，自然不能用于“招待”。“黄歌”，那可不是人人都会唱的。

晚饭后，我们到了院子里，坐在了橘树下。所谓的“黄歌”，就是以俄罗斯民歌为主，1949年前的靡靡之音为辅；也就是那些或情深意长，或低迷颓丧，唱起来让你浑身酥软、丧失革命斗志的歌。这些歌，在知青当中很流行。当时的知青普遍对未来迷茫、无望，不知下一步该怎么办。这些软绵绵的歌曲，一下就击中了他们同样软绵绵、没着落的心。

高先进一开嗓，着实又让我吃了一惊，他的嗓音浑厚、低沉。他也故意把声线压得很低，模仿着那种很少听到的男中音。而且，他唱得与别人不一样，多年后，我知道了他是用的美声唱法。

高先进一首接一首地唱下去，我不知他唱了些什么，只觉得被歌声带进另一重空间，一重与眼前现实无关的饱满空间。后来，我又多次听他唱过，知道了他唱的是《深深的海洋》《三套车》《黑眼睛的姑娘》，和一些我忘了名字的俄罗斯民歌。程莉中途也插了进去，与他一起合唱。显然，他们早就在一起练过。程莉以前也爱唱歌，但唱得并不太好，只是嗓音还很亮色、高亢。现在，她大有进步。

歌声在橘子树下飘浮着，月亮这时已经升起，它在橘子树上穿来穿去，好像橘子树上挂的白灯笼。从枝叶间穿出来的清辉，把院子照得雪亮。我觉得好像身在另一个世界里，什么学

高先进与友人合影

校啊，老师啊，同学之间的不愉快或愉快，都退得好远好远。

我想起那些古诗中描述的意境，大抵，也就如此了。

夜，更深更静了，老乡们都已入睡了。他们肯定不知道这是些黄歌，在他们听来，与催眠曲差不多，绝不会吵着他们。

这时，高先进拿出随身带来的二胡，说：“这个时候，才能听《空山鸟语》。”我自然更不知道《空山鸟语》是什么，此前，我除了革命歌曲，不知道世上还有其他音乐。后来，我才从高先进那里，知道了二胡大师刘天华，知道了《江河水》和其他的二胡独奏曲。也是从那时起，我才了解了中国民乐。

高先进试好弦，开弓一拉，周围就静了下来。我们到了一座空山（意识中是青城山），罕有人迹，唯闻鸟语，清风拂面，泉水洗心。然后，我们好像进入了一个鸟的世界。原来鸟们跟我们一样，有各种语言和表达。它们也要争论、也要愤怒，也有柔声细语和雷霆之声。

高先进的琴艺如何，我不知道。但皎洁的月亮、枝繁叶密的橘子树、高高矮矮的泥巴墙，这些舞美效果让他的琴艺增色不少。我不认为中国民乐团的那些首席二胡，一定能奏出那个夜晚梨花沟的《空山鸟语》。

一曲终了，高先进意犹未尽地说：“我再拉一曲吧。”这次，是一首欢快激昂的曲子，高先进拉得恣意疯狂。头和发，随着琴弓上下摆动着，整个身子都好似要随时从板凳上飞起来似的。他的眼睛却不时地瞟向程莉，而后者，此时眼波闪闪，里面不知是泪光还是月光。

那天之后，我也问过程莉她和高先进的关系，程莉总是回避，说他们之间是“革命友谊”。没办法，公社规定：知青绝对不许谈恋爱。违反规定者，要被集中到县里，参加学习班。

我跟着程莉，每天去参加连山公社宣传队的排演。以至于在后来的日子里，我与宣传队的人，混得烂熟。宣传队的成员，全部脱产，吃住都集中在公社。我和他们一起编排舞蹈，也帮他们写一些对口词、宣传语什么的。两个月后，他们将要参加各个知青点的会演。最后，镇上会筛选出最好的节目，送到县上去，参加调演。到县上去表演，这是高先进他们的目标。

公社宣传队，是由大部分知青和极少数本地农村青年组成的，用于宣传毛主席的革命路线，宣传毛主席的革命文艺思想。具体的，就是普及八个革命样板戏，普及那些千挑万选、千锤百炼的革命歌曲和舞蹈。当时，学校有“校宣”，公社有“社宣”，部队有“军宣”，工厂有“厂宣”。总之，都是一样的宣传队，都表演一样的革命节目，都假定全国人民对这些革命节目，百看不厌。的确，人们真的百看不厌；因为，没有别的娱乐活动可供选择。这些固定的革命节目，就像体操动作中的规定动作，人们主要是在这些动作中，看看谁表演得更完美。

比如，《白毛女》中大春和喜儿的双人舞，程莉跳过很多次。但这一次，她和一个她不喜欢的男知青共跳。她有点分男女界限，不肯把手掌全部搭在对方肩上，而是伸出两根手指来，蜻蜓点水式地搁在男方的肩头。由于重心不稳，她踮起脚尖时，晃了两晃，这被高先进看见了。

公社书记知道高先进能歌善乐，所以，让他担任了宣传队的队长职务。高先进把自己定位为艺术总监，他的确也胜任此职。所以，他是宣传队的顶梁柱，除了任队长之外，他是总监、编导、舞美，还是大合唱的指挥。同时，他还是一个一丝不苟的舞台监督。

看见程莉在舞台上连晃两下，高先进冒火了，于是当着所有人的面，他指责程莉有资产阶级小姐情调，没有喜儿那种纯粹的无产阶级感情。程莉走到哪儿，都是那里的宠儿，哪受过这样的气，当场就大哭起来，并立即罢演。我坐在一边，心想："坏了，按程莉的公主脾气，肯定不会原谅高先进。"

第二天，罢演后的程莉称病在家。我劝她，她也不听。我有些纳闷，程莉最爱跳喜儿这一角，也最爱在宣传队中享有绝对主角的感觉，难道她真的就不怕高先进换人吗?

早饭后，高先进来了。我起身要走，程莉一把拉住我，我只好坐在一边。高先进笑了笑，在我对面坐下。他对我讲起宣传队的事，话题也自然地引到程莉身上。因为倾诉的对象是我，所以，他毫不避讳地对程莉大夸特夸：从人才到身材，从性格到人格，总而言之，是一个完人，除了偶尔会有点小脾气。这些话是对着我说，我当然知道其实是对着程莉说的。而程莉，从刚开始的一脸怒气，也渐渐变成满面春风。

后面的故事可想而知，二人重修旧好，并且，携手并肩战斗在火热的排练场上。高先进编节目，程莉主演，二人声气相通、默契配合。现在想来，颇有点像一些大导演与他们的御用女演员之间的关系：英格玛和丽芙·乌尔曼，伍迪·艾伦和黛安·基顿，贾樟柯和赵涛。

在梨花沟的日子，像极了一句套语：日月如梭。但是，我必得在考试前赶回成都，继续我的中学生涯。当我回到成都，回到学校时，我颇有当年武陵人离开桃花源，回到人间之感。那以后，学校的生活，乃至城市里的生活，就再也不能吸引我了。

我继续收到程莉的来信，她在信中，详细报道宣传队的近况：刚刚排完了大型舞蹈《重上井冈山》，高先进编舞，她是领舞。或者，他们的节目，刚刚在镇上初演过，别的公社的节目，完全不能与他们相比。

一晃就到了年底，放寒假了，我又接到了程莉的信。她告诉我，他们已代表连山宣传队，被选到县上，就要参加县上的新年会演。程莉叫我一定要去看他们在县上的汇报演出。因为，宣传队的成员们，都已当我是他们中的一员。

又一次，以买水果为由，我去了梨花沟。

我刚到，程莉就告诉我，两天前，发生了一件事。原来，高先进在与程莉若即若离地打了几个月哑谜之后，决定要主动挑破那一层似乎挡在他们之间的薄纸。他写了一封信，里面公开地表示要与程莉谈恋爱。信中那些缠绵发烫的字眼，程莉自然没有告诉我。关键在于，程莉居然将这封信交给了公社领导。我一听就火了，马上就开始指责她。那时，我已完全被西方资产阶级文学“腐蚀”了心灵；同时，又对中国古典文学中才子佳人的故事着了迷。我觉得他们二人，就是现实生活中的才子佳人，虽不成功，但也不能成仁啊。

程莉非常委屈，也与我吵了起来。她说她收到信后，很紧张，也不知道怎么办。同时，按照以前在学校、现在在公社所受的教育，她应该把这些充满“资产阶级语言”的信，交给领导。我觉得她这套说辞，简直愚蠢至极。而且，我认为，她真正毁了自己与高先进的这段关系。那时，我在同龄人当中，已算博览群书，自以为已经了解男女之间的那些事（后来才知道，我的那些了解，只能算纸上谈兵）；我认为不会有人把背叛自己的人，还当成最爱的人吧！我正在狠狠地批判程莉时，高先进来了。听说我正在开程莉的“批斗会”，他却笑了。然后，又对着我说了一大通话，我当然知道这些话，又是说给程莉听的。大意是让我不要怪程莉，因为他认为程莉很单纯。她为什么做这样的事，正是因为她的单纯。他又说，现在社会上单纯的人并不多了（这点我可不敢苟同，现在想起来，那会儿的人，都很单纯），所以，程莉的单纯，格外让人珍惜。

看，根本不需要我去劝解，高先进就已经原谅了程莉。不但原谅，简直就是赞许。这让我大跌眼镜，其时，我正在读《牛虻》，书中“牛虻”因为一个错误，挨了女友一记耳光。并且，一个耳光就导致了十八年的离别。从那时起，我才知道，现实中的爱情与书中完全不一样。

捐弃前嫌后，他们一如既往地去公社排练。公社领导因为高先进一直很先进，偶尔犯了小错误，也就既往不咎。再说，在农村，男女青年都是早婚的，这些知青，在他们看来，早就该结婚了。

我在旁边冷眼观察，与几个月前相比，高先进仍然表现出对程莉情意绵绵的样子，而程莉，仍然是享受着这情意绵绵却似乎浑然不觉。我有时忍不住问她，她的回答也一如既往：我们是革命友谊。

这样“敌进我退，敌疲我扰”的爱情试探，进行了近一年。直到宣传队的演出，在全县获得第一名。

再一次的寒假到了，这次，我没去梨花沟，因为程莉回城了。原因是她与高先进真的恋爱了。虽然她仍在信中支支吾吾，我依然知道了。

但是，就像30年代追求自由恋爱的小说，有了70年代版：资产阶级品酒师之黑狗崽，想要和无产阶级苦孩子的根正苗红的后代结合在一起，一定是千难万难。他们的恋爱，受到了程莉父母的坚决反对。程莉被叫回了家，要她彻底和高先进分手。这之后的故事，又像进入了一个琼瑶电影中的俗套：父母坚决反对，子女宁死不从。不同的是，这个恋爱故事的背后，不是贫富悬殊，而是阶层悬殊。程莉的父母都是革命军人，程莉的父亲是我见到的革命军人中，最帅的一个。高高大大、堂堂正正，大檐帽下笔挺的黄呢军装，使他显得风度凛然。程莉的母亲，形貌显然就差多了。她个子不高，五官谈不上好看，也许由于身体不好，她的面容格外憔悴，布满了皱纹。这让我心下，有一点点为程莉的父亲遗憾。但是，程莉的母亲却是出身纯正的贫农之家，而且是童养媳，就像我们在许多诉苦大会上听到的故事一样，她是被八路军救了后，参加革命的。这样的组合，在当时，就是最纯正的革命家庭了。反观之，高先进多年后倒是吹嘘过，他父亲是新中国第一代品酒师，他的鼻子乃天下一绝：什么样的红酒，只要闻一闻，就知道是什么级别。问题是，70年代需要这样的鼻子吗？无论哪一个阶层，大家一概喝的都是高粱酒、大曲酒，用得着品酒师吗？

有那么几年，程莉和高先进两人的爱情与世俗力量，展开了拉锯战。在当时，属于文艺女青年的我，将阻挠爱情的一切，都视为世俗偏见。但这一次，世俗的背景却是革命。在那些混合了痛苦和快乐的日子里，梨花沟再一次成了他俩的世外桃源。程莉的父母用了很多方法，包括说媒、开后门、找工作等一切能够把她从农村调回成都的手段，想实现女儿与高先进分手的目的。但是，程莉好像中了邪似的，就是不愿一个人离开。她跟父母谈的条件就是：要调，就得两个人一起调上来，都调到成都。而高先进，也铁了心不再回徐州了。

拉锯战一直持续到几年之后，程莉终于犟过了父母。她考取了成都的一所高专，而高先进，几年后父亲落实了政策（成了徐州著名的无党派民主人士），通过一些关系，高先进最后也被调到了成都一家工厂工作。这个故事，终于有了一个大团圆结局。

我多年后再见到程莉和高先进，是在90年代末，我专门去拜望老朋友。他们二人，在一间大约不过五十平方米的房间里，打造了一个幸福的二人世界。所有幸福家庭所必须拥有的东西，一样都不能少。整个房间布满了各种各样的装饰品、小玩意，也布满了他们在全国各地旅游的合影照。在他们极多主义的房间里，我只能侧身走动，这让我感到有些压抑。不过，幸福只嫌少，不嫌多。整个晚上，除了三个人在一起聊天怀旧，其余时间，他们仍在商量，要在房内添置些什么新的家具。程莉虽然人到中年，但说话间，仍保持着当年的天真。而高先进，仍然不断地用“单纯”来赞美她。程莉在成长过程中，被早熟的性意识煎熬，直到青年时代认识高先进，她这辈子，最终也只爱过这个男人。的确，她是单纯的。而那个时代的所有女孩，也都如她一样的单纯。

隔着三十年的回忆

大约在1981年，我还没有写作《女人》，但已经发表诗歌，主要发表在《星星》诗刊上。内容基本是大学期间的一些习作，如《童年纪事》等，是一些追忆似水童年的感伤之作。当时正是我写作找不到北、工作上瞎胡混的时候，我因此也很忧郁、迷茫、颓丧。

就在这个时候，我认识了钟文老师。

当时钟文老师是成都大学的教师，据说出于反革命集团嫌疑人的原因，他被从上海发配到四川自贡的山沟里劳动工作了十年，1980年被平反，说是冤假错案。这样，他才调到了成都大学做老师。钟老师后来在写给我的信中回忆道："因为我嗜哲学和诗，所以1978年起，就重新写起了诗理论与诗评论。"他早年支持朦胧诗的出现，与成都诗人流沙河、游篱等结为朋友。教书、写诗评，与我、与当年写作朦胧诗的诗人交往甚多，并且为《星星》诗刊撰写过许多诗歌理论文章和诗评文章，在全国也是负有盛名的诗歌批评家。由于这样的际遇，他为我的《童年纪事》等一批早期作品写过一篇诗评，发表在《星星》诗刊上。这也是他当时对我的诗歌的第一篇评论，在当时对我的激励是可想而知的。这篇文章估计钟老师找不到，我也找不到了，否则现在来看一定很有意思。

从那时到现在，已经三十多年过去了，人的记忆开始出现许多误差。钟老师记得我们的最后一次见面是1983年："仿佛我们以后再也没有见面了，只是我在文化宫讲文学理论，你和你的女友们坐在下面，我遥遥地看过你，脑子里一闪：小翟现在怎么样了？"

"这一瞥，这一闪竟横亘了整整二十年才续上，后来我去南方创建深圳大学，再后来我毅然一别这块土地去了法国，你与我就像两个星球一样的远，偶有信息传来，但已不知真假了。"这是钟老师给我的信中所言。

事实上，钟老师的人生巅峰，只是从成都开始；成都是一个跳板，他在最好的时机，一跳跳到了深圳，再跳就跳到了巴黎。在那里，他完成了一个从书生到大企业家的华丽转身。那之后的若干年，我再也没见过钟老师，只听说他在巴黎做生意，非常成功。我曾经多次想过：在巴黎？钟老师？做生意？很成功？这几件事对我来说，当时都是不可思议的。

事实上，1983年，在钟老师提到的"这一瞥一闪"之后，还发生过很有趣的事，钟老师已记不得了，因为，相对于他在巴黎成功的生意经，这是一段发生在成都的失败的生意经。而且，他和我（主要是我）都参与其中。

一次我偶然翻阅旧信，找到几封1983年我写的信，信中所写到那些事件和计划，可能是中国文人最早的生意经。隔着几十年的岁月重新阅读它，又使我感触颇多。钟老师这本书写的是一段纪实文学，我如果将当年那段经历如实写来，立即就是一篇黑色幽默式的荒诞小说。但无论如何，这些成功和失败的生意经，代表了80年代初，改革开放前，中国文化人曾经有过的天真、轻信、盲目和美好的梦想。

下面是信中有关钟老师的那一段，也是这个生意经的开始：

> 今天骆耕野告诉我一个宏伟的计划，他准备办一个公司，让我和高小勇一起承头，自筹资金。他的计划是：第一步先争取到合法权利，立上户头，然后筹措股份或争取部分贷款；第二步就是通过关系邀请李谷一或另外的歌唱家来蓉为公司成立大会义演，同时造一些声势，把牌子打响；第三步是做些无本生意。此事已与钟文商量过了，钟文很赞成，并愿当顾问，还组织了七八名教授成立了“讲演团”，为补习班或自修大学上课，另外还可办摄影、绘画、书法、音乐等各种讲座，请有名气的人来讲课。还打算开一家书店，专门到北京、上海组织一流的书籍来卖。此外，老骆还和高小勇正筹办一个汽车修理厂，准备与一个社队企业承包，还打算买两部面包车（当然是旧的）办一个旅游车队，还有其他的方法：如开服装厂，办美容和形体锻炼学习班。这些都是无本万利的生意。

当然，老骆最后的目的是办一个文学院，培养文学青年，另外也赞助作家，提供各种方便，如体验生活、开年会笔会、替某些人办画展、开作品讨论会和诗歌朗诵会等。这些当然是远景了，目前只是赚钱。

看到这里，我笑得前仰后合，不承想自己曾经也做过这些宏图大梦。那时，我正在西南技术物理研究所朝九晚五，任何一个跳出去的机会对我来说，都是龙门，都是光明前景。

1983年，那时候的人们对于体制的约束已非常不满，渴望通过改革、创业、自谋生路来到达一种自由的生活状态。在这部成都文化人生意史中，我身边的朋友、朋友的朋友，当时整个成都的文艺青年、文艺中年几乎全都或多或少地卷进去了。今天的人看这些计划，毫无稀奇之地。当时，却新鲜超前得很呢！当然，在那个工作全靠分配的年代，对想要从事自己热爱的工作的人，这些计划都带有理想主义的憧憬和逃出体制束缚的冲动。

很荒诞的是，信中还记录了一件事。有一天，我正在写自己很喜欢的《母亲》，骆耕野来了。他通过我的两个表哥，准备办一个金属冶炼厂，即用“废水回收金银”（真像现在的大忽悠啊，可当时，我们全都很认真）。八字还没一撇呢，首先谈开了分成。我生平最讨厌算账，这下完全被那些经济名词搞糊涂了，好不容易才弄清了毛利与纯利的区别，一会儿又忘了。当时老骆又谈到“与钟文商量好，办一些讲座，流沙河也自愿无偿地为我们开系列课……”。显然，钟老师当时也是积极参与者，但他很理性地远离了“废水回收金银”这些不着调的事情；计划也都在讲座、书店这些可控制范围内，我想这也许是他最终成功的主要原因。

那天晚上，我坐在桌前，似乎白天那个错乱而超现实的生意经没发生过似的，我完成了那首《母亲》的初稿。

大约有几个月的光景，我一直活在这种魔幻现实主义式的时空交错中：在白天谈生意（做白日梦），晚上写作《女人》（黑夜意识）的状态中生活。直到几个月后，荒谬而又前卫的生意蓝图彻底破产；直到一年后，我的组诗《女人》完成，放进抽屉里；直到1986年，《女人》才得以在杂志上发表。

钟老师的讲座，成为当年那些宏伟蓝图中，唯一实现了的项目。所以，才有了1984年在成都的文化宫，我和两位女友坐在下面听课的场景。作为比我们年长、比我们更有人生经验、比我们更早体会人生艰难苦涩的钟老师，他对社会变革有可能带来的生活、事业上的变化，一定是比我们更高瞻远瞩，也更有耐心和能量。

所以，当去南方创建深圳大学的机会来到时，钟老师毫不犹豫地离开了当时还很保守的成都，投入到当时的改革前沿深圳。在那里，是另外一段与那个城市共同生长的传说。其实，钟老师忘记了，在1987年，我和欧阳江河、何多苓还一起去过深圳大学，亲眼见到与成都不同的深圳风貌。当时的钟老师，意气风发，给我们展示了他的另一个宏伟蓝图。

几十年后，我那封超现实主义的信中，涉及的各类计划，基本上都由真正经商的人实现了，成都的朋友们聚聚散散，有的还有联系，有的多年不见，如钟老师。此后的十几年，我们再也没见过。他在巴黎的成功生意经，于我，也只是一个江湖传说。

又过去了许多年，钟老师回到了中国，去了上海，不时地我们有过通信和接触。2013年，我在上海民生美术馆举行朗诵会，钟老师特意来参加。那天下午，我在酒店里与钟老师见了面，我送他我的诗集，我们长谈了一下午。钟老师说：搁笔多年后，因为生命的变故，他放下的笔又握起了。我为他感到高兴。

钟老师后来给我来信说："听说你要来上海开朗诵会，我们约了见面，就是那天晚上，我打开了你的诗集，读的是《女人》，读了好几遍。""我是抱着一种急迫的心情，把我的一些想法讲出来。"于是，钟老师写了关于《女人》的一篇很长的细读诗评。人生就是这么奇怪，三十年可以很长，也可以很短。钟老师给我写的第一篇诗评和第二篇诗评，隔着三十年，隔着生意经，就这样无缝对接了。

今年，钟老师要出版自传小说《巴黎的生意经》，出版社希望我写一篇后记。我马上同意了，因为，从80年代到今天，中国文人下海又上岸、上岸又下海地做生意这件事，带有很独特的历史印记。这几十年的文人从商记，带有大迁徙的意思——从各自的被分配被安排被加固的命运中，往自己向往的理想生活迁徙。

有成功也有失败。曾经，我也是其中一个身影。

这篇后记，没有讲到《巴黎的生意经》，反倒讲了一些成都的生意经和诗歌圈，是因为我与钟老师的交往，从那时到现在，主要还是与文学有关。作为一个到现在仍未彻底弄清毛利与纯利区别的小生意人，我很有自知之明地不谈生意。我希望能与读到这本书的人，谈谈钟老师的另一面，作为著名文学理论家的一面。还有就是他与80年代、与中国诗歌圈、与成都文化人的多重关系和联结。

最后，附上我在成都收到钟老师的诗评后，给他的回信：

钟老师：您好，收到大作，我很感动也很激动，时隔三十年，居然又读到您关于我的诗的评论。而这一次与三十年前完全不一样，那时我还是习作阶段，并没有写出足够成熟的作品。而您在那时已经发现了我写作中的潜质，并给以肯定。无疑当时对我而言是重要的。从那以后的写作对我来说是全新的。

三十多年的写作经历，能在多年后再次被您肯定，我很高兴。我很认真地读了好几遍，您对《女人》的研究和分析是很深入的、细致的、到位的。您知道，现在这个社会是多么浮躁，能潜心下来做学问真不容易，大家伙儿的学问都变得浮在表面上，这也是无奈。反倒是钟老师您现在能够如此细致深入地、不吝时间地细读、品评，写出这样的重要文章，我很敬佩。谢谢您对我的高度评价，我会继续努力突破。

顺便说一句，那天在上海与我一起的女士，是我的发小。就是她80年代与我一起去文化宫听您的讲座。那天听说是您来了，她好不后悔，没亲自来与您道声好。她是您的“粉丝”，说您当年好帅啊，哈哈。

小翟

2014年12月5日 星期五